三國

故事成語 2

U0108741

陳萬雄 策劃

蔡嘉亮 著

策劃：陳萬雄

作者：蔡嘉亮

三國成語故事 2

商務印書館

本書由鴻文萬有文化有限公司授權出版。

責任編輯　鄒淑樺　黎彩玉
裝幀設計　涂　慧
排　版　肖　霞
印　務　龍寶祺

三國成語故事 2

策　劃　陳萬雄
作　者　蔡嘉亮
出　版　商務印書館（香港）有限公司
　　　　　香港筲箕灣耀興道 3 號東匯廣場 8 樓
　　　　　http://www.commercialpress.com.hk
發　行　香港聯合書刊物流有限公司
　　　　　香港新界荃灣德士古道 220-248 號荃灣工業中心 16 樓
印　刷　中華商務彩色印刷有限公司
　　　　　香港新界大埔汀麗路 36 號中華商務印刷大廈
版　次　2022 年 7 月第 1 版第 1 次印刷
　　　　　© 2022 商務印書館（香港）有限公司
　　　　　ISBN 978 962 07 0607 3
　　　　　Printed in Hong Kong

出版說明

　　三國故事和人物是中國歷史上最為人熟悉、最令人感興趣的一段歷史。自去年出版《三國成語故事》深受讀者好評，本書延續探討「三國」話題，再選取七十七個三國時期的成語（包括四字詞及常用語詞），讓讀者認識更多的三國故事和人物，從中亦掌握各個成語的意思和使用方法。

　　本書特點：

1. 讀三國故事　學習成語

　　本書所選的三國成語故事，重視現代的教育意義；而成語的本身，仍具語文的生命力，可以活用。讀者透過閱讀本書，不僅可以認識到不同三國人物的故事，還能提高文學素養和語文水平。

2. 豐富的內容結構　集歷史與中文學習於一體

　　本書內容：解釋成語的意義；說明成語的出處；羅列本成語的近、反義詞；講述成語的背景故事；另以延伸閱讀，點示成語故事對現今社會和個人的啟示；最後精選該成語的歷代例句，該讀者更易掌握和懂得準確的運用。

3. 故事主角配上畫像

　　就每位主要的三國人物配上精美的畫像，讓讀者對各人物有更全面的印象。全書圖文並茂，增添閱讀趣味。

目錄

曹操

贓污狼藉

■ 釋　義　貪污受賄，行為不檢，名聲敗壞。

【出處】長吏多阿附貴戚，贓污狼藉。（陳壽《三國志·魏志·武帝紀》）

■ 故事背景

曹操嚴打貪官，不畏強權。

曹操少年時機智聰敏，善權謀，但性格放浪形骸，任性妄為，更不會在德行和學問上做工夫，所以當時沒有人看重他，只有梁國人橋玄和南陽人何顒賞識他，認為他將來必成就大業。曹操二十歲時，被舉薦為孝廉，逐步官至議郎。

靈帝光和末年（184 年），黃巾賊作亂，曹操被任命為

曹操

騎都尉，率軍攻打潁川郡黃巾軍，因鎮壓黃巾賊有功，升任為濟南國相，管轄濟南十多個縣。他抵達濟南履職時，發現許多地方官都攀附權貴，貪贓枉法，令濟南秩序混亂，曹操一怒之下，向朝廷上奏罷免貪官污吏，結果，被罷免的貪官多達八成。他又下令禁止胡亂祭祀，令奸詐之徒紛紛逃往其他郡縣，濟南秩序井然。一段時間後，曹操獲朝廷任命為東郡太守。不過他沒有赴任，稱病回到自己的家鄉。

歷代例句

中書舍人于尹躬，其弟皋謨，**贓污狼藉**。（唐白居易《貶于尹躬洋州刺史制》）

摧枯拉朽

■ 釋　義　摧折枯枝朽木。比喻極容易辦到。

【出處】「太祖拒之。」裴松之注引三國魏王沈《魏書》：「故計行如轉圜，事成如摧朽。」（陳壽《三國志‧魏志‧武帝紀》）

■ 近義詞　勢如破竹、摧枯振朽
■ 反義詞　堅不可摧

■ 故事背景

　　刺史王芬欲遊說曹操聯手廢帝，被曹操拒絕。

　　曹操為人機警冷靜，靈活應變，喜行俠仗義，但性格不受拘束，也不喜歡培養品行和學識，一般人都不大理會他，只有梁國人橋玄和南陽人何顒對他另眼相看，橋玄更認為他是治國安邦之才。

　　曹操二十歲時被推舉為孝廉，後被召入朝廷任議郎。靈帝光和末年（184 年），因平定黃巾之亂升為濟南國相。任內肅清濟南貪官，又禁止不合規定的祭祀活動，令違法者紛紛逃離，濟南秩序井然。後來他被徵召為東郡太守時，以養病為由辭任回鄉。

　　不久，冀州刺史王芬、南陽人許攸和沛國人周旌等人密謀廢掉靈帝，另立合肥侯為皇帝。他們邀請曹操加入，但為曹操所拒絕。曹操指出，廢立皇帝是天下最不吉祥的事，古

人也有權衡成敗才決定是否行動。他舉例，商湯宰輔伊尹身居百官之上，在實施廢立上也是計劃好才能成大事；漢武帝輔政大臣霍光在廢立昌邑王也是因為接受了託付管理國家的重任，他身居朝臣的高位，皇宮內有太后支持，皇宮外有百官與他同心協力，加上昌邑王即位時間尚短，未有親貴和寵臣，霍光進行時才能像轉動圓球般順利，像摧折枯枝朽木般容易。曹操說：「你們現在只看眼前人容易辦事，卻沒有看到進行時會遇到的困難。各位應細心再想一想，你們的同盟者中，有哪些方面能與七國相比，合肥侯與吳、楚相比，又是誰較尊貴？你們要做這等大事，不是很危險嗎？」王芬等人終以失敗告終。

歷代例句

鑴金石者難為功，**摧枯朽**者易為力，其勢然也。（東漢班固《漢書・異姓諸侯王表序》）

遡流之眾，勢不可救，將軍之舉武昌，若**摧枯拉朽**，何所顧慮乎。（唐房玄齡等《晉書》）

滌除貪破浪，愁絕付**摧枯**。（唐杜甫《北風》詩）

以國家兵甲精銳，翦太原之孤壘，如**摧枯拉朽**爾，何為而不可。（元脫脫等《宋史・曹彬傳》）

而況假主公之雄威，更仗諸將之戮力，則**摧枯拉朽**，如夏日之漬春冰。（明梁辰魚《浣紗記・伐越》）

國初豫通王下江南時，所至**摧朽拉枯**，無不立下。亦省作「摧朽」、「摧枯」。（清昭槤《嘯亭雜錄・江陰口談之誣》）

舊社會之崩潰有如**摧枯拉朽**。亦作「摧朽拉枯」。（近代鄒韜奮《不能兩全》）

一夫之勇

■ 釋　義　猶匹夫之勇。

【出處】顏良文醜，一夫之勇耳，可一戰而禽也。（陳壽《三國志‧魏志‧荀彧傳》）

■ 近義詞　匹夫之勇
■ 反義詞　文武雙全

■ 故事背景

荀彧形容袁紹的大將有勇無謀，毋足為懼。

曹操迎接獻帝並遷都許昌初期，羣雄各自據地稱雄，曹操欲揮軍討伐袁紹，於是問荀彧意見。

荀彧曾在袁紹陣營作客，對袁紹及其部下可謂瞭如指掌。他指出，袁紹多疑善妒，辦事猶豫不決，軍紀鬆懈，士兵雖多但難以發揮作用。袁紹只不過倚仗家世，才吸引到那些沒有真材實學的人追隨。荀彧認為，曹操則知人善任，處事英明果斷，軍令嚴明，賞罰分明，因此士兵奮勇作戰，有實力的人都願意投靠，所以絕對有能力輔助天子，討伐叛逆。

荀彧建議曹操，若要攻取黃河以北之地，必須在河南地區先除掉呂布。曹操擔心袁紹會乘虛勾結羌人和胡人，以及南方的蜀漢侵擾關中。荀彧則

認為，關中的首領雖多，當中只有韓遂和馬超的實力最強，若能招撫他們，即使不能長保安定，也足以使他們在曹軍平定山東時不會作出侵擾。只要派鍾繇守着西邊，就無後顧之憂。

建安三年（198年），曹操打敗張繡後，又向東擒獲呂布，平定徐州後，開始與袁紹對抗，孔融擔心袁紹身邊忠臣猛將眾多，恐怕難以對付。荀或進一步分析袁紹身旁重要謀臣的性格，田豐剛直會激怒袁紹，許攸貪婪而且行為不檢點，審配專橫卻缺乏謀略，逢紀剛愎自用。若許攸家人犯法，審配、逢紀一定不會縱容，許攸必定因此而叛變。至於顏良和文醜，不過是有勇無謀的匹夫，輕易就可擒獲他們。

建安五年（200年），曹操與袁紹已連續交戰了一段時

荀或

間，固守官渡的曹軍被袁軍包圍，曹軍的軍糧即將吃完，曹操欲退兵引誘袁紹入許縣，但荀或反對，認為那一方先退，便會處於被動，既然曹軍只有敵方十分之一的軍力也可抵抗敵軍半年，敵方士氣已經枯竭，正是使用奇謀突襲的大好機會。曹操依荀或所言，突襲袁紹軍糧的駐地，袁紹退兵。此時，許攸家人不守法度而被

捕，許攸果真背叛袁紹。顏良、文醜陣前被斬，田豐因勸諫觸怒袁紹而被殺，一切都在荀彧預料之中。

荀彧深入分析兩陣形勢，知己知彼，自然可以百戰百勝，助曹操雄霸北方。

■ 延伸閱讀

三國戰將如雲，一夫之勇只屬一介武夫而已。中國尊崇智勇雙全，儒將文武兼備，方為最高境界。

歷代例句

卻穀悅禮樂，敦《詩》《書》，為晉元帥；杜預射不穿箚，建平吳之勳。是知中權制謀，不取**一夫之勇**。（北宋司馬光《資治通鑑》）

枯樹生華

■ 釋　義　枯萎了的樹木也可生出花朵，喻絕境逢生。

【出處】上疏：「臣罪應傾宗，禍應覆族，遭乾坤之靈，值時來之運，揚湯止沸，使不燋爛，起煙於寒灰之上，生華於已枯之木，物不答施於天地，子不謝生於父母，可以死效，難用筆陳。」(陳壽《三國志・魏志・劉廙傳》)

■ 近義詞　枯樹生花、枯木生花
■ 反義詞　萬劫不復

■ 故事背景

劉廙感謝曹操不殺之恩。

劉廙兄長望之本為荊州牧劉表從事，因朋友犯上讒毀罪名被劉表殺害，望之就以政見不合辭官回鄉，廙擔心劉表不會放過望之，勸兄長遠逃，望之沒有聽從，結果真的遇害。廙害怕自己也會被加害，於是逃往揚州，投靠曹操，曹操聘他為丞相府的屬員，後轉任五官將文學，甚得當時的五官中郎將曹丕器重。

建安十八年（213 年），曹操獲封為魏公，廙任黃門侍郎。不久，曹操欲率兵攻打蜀國，劉廙上疏勸阻，建議曹操應像周文王一樣，先休養生息，安邦治國，鼓勵農桑，厲行節約，這樣整治十年後，一定會國富民安。曹操雖然沒有接納劉廙的勸諫，但無減對劉廙的信任。

建安二十四年，曹操進軍漢中時，魏諷策劃謀反，

劉廙弟劉偉受牽連，按照律法應一併處死劉廙，但曹操下令赦免劉廙，還升他為丞相倉曹屬。劉廙上疏感謝曹操：「臣所犯的罪理應禍滅宗族，幸好遇到天地之英靈，上天眷顧，承蒙主公錯愛，令我全家得免於難，恩德猶如寒灰上復燃煙火，枯木重長鮮花。萬物不知如何感謝生養它的天地，兒子不知道怎樣才能報答父母。臣除了可以以死為你效勞外，已難以用言語表達我對你的感激之情。」

劉廙共撰寫了幾十篇文章，並與丁儀一同論述過列法禮制，著作都流傳於世。文帝曹丕即位，任劉廙為侍中，賜封關內侯。

歷代例句

（匡仁）遂造洞山，值山早參，出問：「未有之言，請師示誨。」……山他日上堂曰：「欲知此事，直須如**枯木生花**，方與他合。」（南宋杭州靈隱寺普濟編集《五燈會元・洞山價禪師法嗣・疏山匡仁禪師》）

我一命如同草頭露滴，今日得了這銀子呵，一似**枯木生花**，陽春布澤。（明沈受先《三元記・完璧》）

運籌演謀

■ 釋　義　籌劃情況，擬訂作戰策略。

【出處】太祖運籌演謀，鞭撻宇內。（陳壽《三國志‧魏
　　　　志‧武帝紀》）

■ 近義詞　運籌出奇、運籌決策

■ 故事背景

曹操軍法嚴苛，指揮作戰時謀劃周詳，運籌帷幄。

建安二十五年（220 年）正月，曹操在洛陽病逝，終年六十六歲。曹操遺命：「天下未定，故不能遵循古代的喪葬舊制。下葬以後，立即脫去孝服。所有戍守邊境的將領，都不准離開駐守之地，所有官員要各盡其職。裝殮只需用當時所穿的衣服，毋需以金銀珠寶陪葬。」曹操諡號武王，安葬於高陵。

據《曹瞞傳》記載，曹操生性善妒殘酷，軍法嚴苛。當初，沛國相袁忠曾想依法處置曹操，沛國人桓邵也瞧不起曹操。後來曹操擔任兗州官吏，邊讓曾詆毀曹操，曹操殺掉邊讓及其家人，嚇得袁忠和桓邵逃往交州，曹操就派人往交州，命交州太守誅殺袁忠及其家人。即使後來桓邵自首請求原諒，曹操也不放過。

曹操有一次帶兵路經麥田，他下令士兵不得破壞麥田，違令者死。士兵便小心翼翼的拉着馬，撥開麥子徒步前進，可是曹操的馬卻跑到麥田，他命屬下的主簿對他進行論罪，其屬下自然沒有這膽量，不過他認為，自己定法而犯法，若不受罰的話，便難以服眾，然而統帥自殺就無人領軍，於是他揮劍割掉頭髮扔在地上。

還有一次曹操討伐反賊，發覺糧食不足，他暗中問管糧的官員有何方法，那官員建議用小斛發放軍糧。曹操同意，後來被士兵發現並傳言曹操欺騙大家。曹操就殺掉那官員替罪，還拿着糧官的首級宣告，是糧官偷竊官府的糧食，然後以小斛發糧，故而將糧官治罪。

不過陳壽這樣評論曹操：曹操身處東漢末年，天下大亂，羣雄四起，袁紹像猛虎般四處搶掠，兵強地廣，無人能敵。太祖曹操運籌帷幄，計謀細密周全，雄才大略，領兵東征西討，足跡遍及九州，他採取申不害、商鞅的治國方法和策略，兼採韓信、白起的奇謀妙計，設置官府招納人才，因地制宜地發揮他們的才幹，克制自己的感情，不計私怨，最終能夠總攬政權，成就大業。正是因為他才智過人，堪稱一代豪傑。

色厲膽薄

■ 釋　義　外表兇狠，內心軟弱。

【出處】吾知紹之為人，志大而智小，色厲而膽薄，忌克而少威。（陳壽《三國志·魏志·武帝紀》）

■ 近義詞　色厲內荏
■ 反義詞　外怯內勇

■ 故事背景

曹操批評袁紹志大才疏，空有外表，不足為懼。

建安四年（199 年），袁紹擊敗公孫瓚，佔據了冀、青、幽、并四州。翌年，袁紹率領十餘萬大軍進攻許都，曹操一眾將士都認為袁紹不可抵擋，獨曹操不贊同，他笑說：「我深知袁紹為人，他志大才疏、外表屬害，其實內心怯

袁紹

懦，妒忌心重，好勝但缺乏威信，兵雖然多但不懂調度，將領驕傲而政令難以統一，土地雖遼闊，糧食豐足，正好作為獻給我的禮物。」秋八月，曹操進軍黎陽，派臧霸等人進入青州，攻破齊國、北海國和未安郡，留于禁在黃河駐扎。九月，曹操回到許都，分兵把守官渡。冬十一月，張繡率眾投降，被封為列侯，十二月曹操進軍官渡。

■ 延伸學習

袁曹自少相交，曹知袁甚深。在此話前，曹曾論說和評論過袁的一些舉動。如招董入京，如擬劉虞當皇帝，等等。事實上袁作為領袖的表現如幼兒生病不出兵等，都可證明曹對袁批評所言不虛。中國傳統教育注意培養氣宇和識見，是有道理的。

歷代例句

袁紹**色厲膽薄**，好謀無斷；幹大事而惜身，見小利而忘命；非英雄也。（明羅貫中《三國演義》）

各為其主

■ 釋　義　各自效忠於他的主子。

【出處】彼各為其主，勿追也。（陳壽《三國志・蜀志・關羽傳》）

■ 近義詞 各事其主

■ 故事背景

曹操賞識關羽的忠義，任由他逃回劉備陣營。

關羽為河東郡人，逃難到涿郡時剛遇上劉備募兵，關羽加盟，因而與張飛成為劉備的武將。三人同榻而眠，情如兄弟，在人多的地方，兩人也會在兩旁侍奉劉備，兩人並跟隨劉備四處征戰。劉備進攻徐州，殺掉徐州刺史車冑後，派關羽鎮守下邳。

建安五年（200年），曹操東征，劉備投奔袁紹，關羽被曹操擒獲。曹操敬重關羽的義氣，任命關羽為偏將軍，對他禮遇有加。不過曹操也觀察到關羽心在劉備，不會長時間留下來，於是派與關羽有交情的部將張遼試探。關羽也明言自己是身在曹營心在漢，雖然感激曹操的禮待，但劉備有恩於他，發誓要與劉備生死與共，不能背叛劉備。雖然不會留在曹軍，但一定會立功報效曹操

才離去。曹操得悉後雖然也知道無法留住關羽，但更敬重關羽為人。

不久，袁紹派大將顏良進攻東郡，曹操派張遼和關羽對抗。關羽見到顏良的旌幡和傘蓋時二話不說，便提刀策馬，衝往敵方，一刀斬下顏良首級，回去送給曹操。袁軍退兵，解除了白馬之圍。曹操大喜，上表封關羽為漢壽亭侯，並重加賞賜。關羽把所有賞賜都封存起來，寫信告辭，然後到袁紹軍中，與劉備重會。曹操身邊的人想去追回關羽，但曹操說：「各人都會效忠自己的主人，他只是選擇效忠他的主子，不要追了。」

■ 延伸學習

曹操作為一代歷史人物，他性情的一大優點，是懂得欣賞「忠義之士」，在他身上出現過的其他例子也不少。其實在三國人物中，有這種風格的人物和故事不少。劉備、諸葛亮都有這種故事。出色的領袖才能固然重要，更需要有容人之量。另外，東漢一代社會風氣，尊忠義，重氣節，到漢末三國，風氣依然。有這樣的風氣，有這樣的人物，所以三國時代才會那麼精彩。

歷代例句

彼此**各為其主**，不必多言，放下馬來。（明梁辰魚《浣紗記‧交戰》）

這是宋家遺民，**各為其主**之作，怎麼算是逆書？（清吳研人《痛史》）

棄之可惜

■ 釋　義　留着無多大用處，扔掉又未免可惜。

【出處】「備因險拒守。」裴松之注引《九州春秋》：「時王欲還，出令曰『雞肋』，官屬不知所謂。主簿楊修便自嚴裝，人驚問修：『何以知之？』修曰：『夫雞肋，棄之如可惜，食之無所得，以比漢中，知王欲還也。』」（陳壽《三國志・魏志・武帝紀》）

■ 故事背景

楊修跟隨曹操出兵漢中時，推測到曹操欲退兵，惹來曹操氣憤。

楊修博學多才，建安年間被推舉為孝廉，後擔任丞相曹操的主簿。時曹操統軍治國事務繁多，楊修輔助曹操處理內外事務，得到曹操器重。曹操的兒子曹丕和曹植等亦與他非常友好，其中曹植更與他交情深厚，楊修曾多次幫助曹植通過曹操的考驗。曹操發現此事後大為氣憤，除了對曹植的溺愛大不如前外，更開始對楊修有所顧忌。

建安二十四年（219年），夏侯淵與劉備在陽平關交戰，被劉備所殺，曹操率軍從長安出發，穿越斜谷，派兵佔據各個險要後迫近漢中（即漢中之戰），來到陽平關後，劉備利用險阻地形進行防守，兩軍相持不下，曹操欲退兵，向軍中發出口令「雞肋」，屬下官員

都不明所以，獨楊修自行收拾行裝。眾人大奇，問楊修何故，楊修回答：「雞肋，雞肋，扔掉可惜，但吃又甚麼也吃不到，用雞肋來比喻漢中，就知道大王要撤軍回去了。」不久，曹操果然撤軍返回長安。不過，曹操對楊修一再猜測到他的心意，惱恨在心。

同年，曹植與楊修醉酒鬧事，擅闖司馬門，並誹謗曹彰遭人舉報，於是曹操藉此機會，以楊修洩露上級的告諭，私通諸侯的罪名，借故將楊修處死。

■ 延伸閱讀

《楊修之死》是中國南北戲劇一齣著名的劇目，主要內容，是根據《演義》，表現楊修的逞才，而為心胸狹猛的曹操所忌殺。其實曹操之所以要誅殺楊修，有多種可能。楊修乃曾任太尉的楊彪之子。楊彪曾為曹操所困迫。楊修雖以才幹，為曹操所拔用，仍不無疑慮。曹丕、曹植之爭嗣位，楊修被視是曹植的謀主，更為曹操所忌。何況曹操出身於宦官之「濁流」家世，而楊家在漢末與「四世三公」袁家齊名，楊氏是袁氏甥，也牽涉到漢魏高門與寒門政治鬥爭的暗流。曹操之所以殺楊修，非忌才那麼簡單。《典略》就說楊修「謙恭才博」，「植後以驕縱見疏，而植故連綴修不止，修亦不敢自絕。……修臨死，謂故人曰：『我固自以死之晚也』」，可見事緣之曖昧。

因為這是一篇我們的「改悔的革命家」的標本作品，棄之可惜，謹錄全文。（近代魯迅《准風月談》）

曹丕　曹植

下筆成章

■ 釋　義　形容文思敏捷。

【出處】言出為論，下筆成章。（陳壽《三國志·魏志·陳思王植傳》）

■ 近義詞　下筆成篇、出口成章

■ 故事背景

曹植文采出眾，得到曹操疼愛。

曹植十多歲時已懂得背誦講解《詩經》、《論語》和詩辭歌賦等數十萬字，而且寫得一手好文章。曹操看過曹植的文章，訝異地問曹植：「你是請人代作的嗎？」曹植跪下回應：「我是言出成論，下筆成文，父親可以當面考驗我，我何需請人代作呢？」銅雀臺剛建成時，曹操帶着所有兒子登上樓台，讓他們各自作賦，曹

曹植

植揮筆而就，文采措辭華麗可觀，曹操驚異於他的才華。

曹植才華出眾，甚得曹操疼愛，幾次欲立他為太子，可是曹植為人任性，且愛飲酒，令曹操有所猶豫。相反，曹丕則善用權術討好曹操及其身邊的人，令曹操身邊的人都為他說好話，最後，曹操立丕為太子。

歷代例句

陳壽評曰：「文帝天資文藻，**下筆成章**，博聞強識，才藝兼該。」(陳壽《三國志》)

堅僭號，拜侍中，尋除中軍將軍。融聰辯明慧，**下筆成章**，至於談玄論道，雖道安無以出之。(唐房玄齡等《晉書》)

形影相弔

■ 釋　義　形容隻身孤立。

【出處】朝京都上疏:「形影相弔,五情愧赧。」(陳壽《三國志‧魏志‧陳思王植傳》)

■ 近義詞　形單影隻、孑然一身
■ 反義詞　前呼後擁、形影不離

■ 故事背景

曹植不願被投閒置散,向文帝曹丕自薦,希望為國效力。

黃初元年(220年),曹丕即位為文帝後,將曹植和諸侯遣回各自的封邑。曹丕雖欲加害曹植,但礙於太后的緣故,終沒有殺掉曹植,只貶他為安鄉侯,後又改封為鄄城侯。

黃初四年,曹植獲封為雍丘王。這一年,曹植獲詔往京,他等待文帝朝見時上疏懺悔,並向文帝自薦。

他說:「自己回到封邑後,一直不能忘記曾犯的過錯,食難安,夜難眠,深明皇命不可再犯,不可以再恃着皇帝的疼愛而驕矜自傲。我深深領會到《相鼠》這篇文章提醒人們必須講究禮儀,人若無禮,不如快快死去的含義。我孤苦一人,常懷歉疚之心,然而,若我因有罪而放棄生命,就違背古代有賢德的人有「夕

改」之言，「日間犯錯，晚上悔改」的勸勉。若忍辱偷生，則違背「胡顏」所形容的「何不快快死去」的譏諷。我真誠地俯伏在地上思考陛下的大恩大德，愛民若子的恩情，施行德政如春風一樣，滋潤大地像及時雨一樣珍貴。容許罪臣將功補過是明君所為，憐憫愚庸，愛護有能力者是慈父，愚臣在皇上的恩澤當中，沒有自暴自棄。皇上曾下詔禁止我們朝會，我本心灰意冷，以為這一輩子都難再有機會朝見皇上，如今得到陛下紆尊降貴召見，我回到京師，盼能與皇上見面。然而我回京後至今仍未獲得陛下召見，我實在心急如焚。」

曹植在奏疏中還感謝曹丕寬恕他的過錯，仍賜予錦衣玉食，自己實在愧對已故的父親，亦愧對朝廷天子。他懇求曹丕准他赴東嶽泰山，或南征孫權，讓他將功補過。

曹丕看過奏疏後，雖然也欣賞曹植文辭優美，寓意深刻，卻只用詔書鼓勵他，始終沒有答應曹植的請求。

歷代例句

那時孑然一身，**形影相弔**。（明周楫《西湖二集》）

只是一人獨處，煢煢孑立，**形影相弔**，未免淒涼寂寞。
（近代劉紹棠《花街》）

車載斗量

■ 釋　義　形容數量多，不足奇。

【出處】「遣都尉〔趙咨〕使〔魏〕」注引《吳書》：（〔趙咨〕）使〔魏〕，〔魏文帝〕善之。嘲〔咨〕，……又曰：「〔吳〕如大夫者幾人？」〔咨〕曰：「聰明特達者八九十人。如臣之比，車載斗量，不可勝數。」（陳壽《三國志·吳志·吳主傳》）

■ 近義詞　數不勝數
■ 反義詞　屈指可數

■ 故事背景

　　吳國趙咨出使魏國，曹丕譏笑吳國缺乏人才，趙咨還以顏色，指吳國有能之士多到可以用車來載，用斗來量。

　　建安二十四年（219 年），孫權派陸遜和呂蒙偷襲荊州，關羽戰敗被殺，孫權將關羽首級送給曹操。建安二十五年，曹操逝世，曹丕繼位為丞相和魏王，同年冬天篡漢稱帝，即位為魏文帝。翌年，劉備稱帝，稱要為關羽報仇，出兵伐吳，孫權派趙咨出使魏國求援。

　　曹丕接見趙咨時態度傲慢，他問道：「吳王孫權是個有讀書，有學問修養的人嗎？」曹丕說話輕蔑，趙咨心生氣憤，但既不能開罪曹丕，又不能有失孫權尊嚴，於是回應曹丕，稱許孫權是個聰明、雄才大略的君主，處理國家事務之餘，一有空閒就博覽羣書，從中搜集奇謀妙策，不像

那些只追求美麗詞藻、片言隻字的書呆子。曹丕想趙咨說得詳細一點，趙咨回答：「吳王從普通階層中起用魯肅，是他的聰明；在一般兵卒中提拔呂蒙，是明智；俘獲于禁卻沒有殺掉，是仁慈；攻取荊州而兵不血刃是智慧；佔據三州虎視四方是雄才；而屈身向你稱臣證明他懂得策略。」曹丕又問：「可以征伐吳國嗎？」趙咨又答道：「大國有百萬雄師，小國也有抵禦敵人的勇將。」

曹丕從心底裏佩服趙咨的雄辯，又問趙咨：「吳國有多少像先生你這樣有才能的人？」趙咨回應：「聰明而又才

曹丕

能突出的，不下八九十人，像我這樣資質的人，簡直多得可用車載，用斗量，多不勝數。」趙咨的能言善辯，曹丕也為之嘆服。後來，趙咨一再出使魏國，連魏國人也非常敬重他。

歷代例句

{則天} 革命，舉人不試皆與官，起家至御史評事拾遺補闕者不可勝數。（張鷟）謂謠曰：「補闕連**車載**，拾遺平**斗量**。」（唐張鷟《朝野僉載》）

無所不容

■ 釋　義　沒有甚麼不能容納，極言其寬廣。

【出處】「貶爵安鄉侯。」裴松之注引晉王沈《魏書》：「朕於天下無所不容，而況植乎？」《三國志・魏志・陳思王植傳》)

■ 近義詞　無所不包、寬宏大量
■ 反義詞　小肚雞腸

■ 故事背景

曹丕以寬容之心保全曹植的性命。

曹丕即位為文帝後，誅殺丁儀和丁廙及他們家中的男丁。曹植和諸侯都回到各自的封邑。黃初二年（221 年），監國謁者灌均暗地裏受曹丕的意旨，舉奏「曹植酒後叛逆傲慢，要脅使者」。有司奏請文帝處罰曹植。文帝因太后的緣故，下詔說：「植是朕同母的親弟，朕對全國的人尚且可以包容，更何況是朕的親弟呢？骨肉親情可以放棄，但不能殺。現在改封曹植的封地。」曹植被貶為安鄉侯，食邑二千五百戶。

黃初四年，曹植改封為雍丘王，同年，植進京朝見文帝，向文帝上書表示悔過：「臣回到封邑後，反覆思過，痛恨前非，到中午才進食，半夜才能入睡。確實認為不可再犯王法，不可再仗恃皇帝的

恩寵。臣深感《相鼠》詩中所說『人而無禮，何不速死』，人若不講禮貌，何不快快死去的道理。臣孤苦一人，心中只有愧疚。如因犯罪而輕生，則有違古聖賢有錯即改的勸勉。若苟且偷生，又違反詩人『為何不快快死去』的譏諷。臣跪伏地上，思考陛下包容天地的仁德，父母般深厚的恩情，猶如春風化雨，對荊棘同視，如祥雲般的恩惠。同時撫養七個兒子，像有谷鳥般仁義。容我將功補過是明君的舉措，憐憫愚蒙愛惜有能力者是慈父之恩，此之所以愚臣始終在陛下的恩澤之中，沒有自暴自棄。」

不過曹丕沒有接受曹植的懺悔，仍一再暗中指使朝臣藉故彈劾曹植，藉以數度貶抑曹植，令曹植鬱鬱以終。

歷代例句

身中變化，**無所不容**。（北宋張君房編《雲笈七籤》卷四三「右四條備衛心中」原注）

是故君父之慈，臣子**無所不容**，教誨委曲，至夫斯極！
（清龔自珍《〈太倉王中堂奏疏〉書後》）

飢不遑食

■ 釋　義　肚子餓了也沒空吃飯。形容全神貫注地忙事務。

【出處】雖有糇糧，飢不遑食。（陳壽《三國志‧魏志‧陳思王植傳》）

■ 近義詞　飢不暇食

■ 故事背景

曹植上疏，求文帝原諒，並批准他為國效力。

黃初元年（220 年），曹丕即位為文帝後，將曹植和諸侯遣回各自的封邑，並下令諸侯不得回京。

黃初四年，曹丕下詔曹植回京，但曹植回京後一直沒有獲得接見，於是向曹丕上疏懺悔，並向文帝自薦。他的奏疏大意是：

「微臣回到封邑後，一直為自己過去所犯過錯深感懊悔，寢食難安，深明皇命不可再犯，不可以再恃着皇帝的庝愛而驕矜自傲。懇請陛下原諒，並容許罪臣將功補過。

之前皇上曾下詔禁止我們回京，微臣本心灰意冷，以為這輩子都難有機會再見皇上，如今得到陛下召見，微臣連夜整備車馬，清晨便立即出發。我白晝趕路，晚上就在河邊休息。微臣雖隨身帶備乾糧，但

肚餓時仍不願意停下來進食，路過城池、村莊，也不願稍事停留，為的是遵從軍令一直趕路上京。我的馬車馳騁路上，輕風扶起車軛，白雲托起車蓋，山過山，嶺過嶺，跨江渡河。往西到關口，時降時升，猶如騰雲駕霧一樣，馬兒太疲憊時，稍作休息便繼續日夜兼程，希望盡快到達京城。我們如今已來了京城幾日，可是仍未得到陛下召見。只好仰望宮門，低頭思念宮廷。」

曹植在奏疏中並感謝曹丕沒有因他犯錯而處罰他，還賜予錦衣玉食，自己實在愧對已故的父親，亦愧對朝廷天子。他懇求曹丕准他赴東嶽泰山，或南征孫權，讓他將功補過。

曹丕看過奏疏後，雖然也欣賞曹植文辭優美，寓意深刻，但始終沒有接見他，只用詔書鼓勵他。

太和元年（227 年），曹丕駕崩，曹叡繼位，曹植又向曹叡上疏自薦，希望曹叡讓他跟隨曹真征伐西蜀，或跟隨曹休討伐東吳，但都不得要領。

——— 歷代例句 ———

日不為暑，風不為寒，渴不暇飲，**飢不暇食**，孳孳焉從於王事者，賞使之然也。（北宋李覯《強兵策八》）

春華秋實

■ 釋　義　春天開花，秋天結果。比喻文采與德行。現在也比喻學習有成果。

【出處】私懼觀者將謂君侯習近不肖，禮賢不足，採庶子之春華，忘家丞之秋實。（陳壽《三國志・魏志・邢顒傳》）

■ 故事背景

劉楨認為邢顒是高尚文雅的人，勸曹植應以禮相待。

東漢末年，河間人邢顒獲推薦為孝廉，但他沒有接受，而且改名換姓遷到右北平，跟隨田疇在北方遊學。建安十年（205年），曹操平定冀州。邢顒認為曹操法令嚴明，是值得追隨的人，便投靠曹操，並自薦擔任嚮導，助曹操奪取柳城。

曹操為各兒子挑選屬官，他下令說：「侯爵家的官吏必須是要像邢顒般嚴守法度的人。」邢顒獲任命為平原侯曹植的家丞。邢顒緊守禮儀，小心翼翼的提防曹植，因此兩人關係疏離。曹植庶子劉楨寫信勸曹植：「家丞邢顒是北方讀書人中才能最傑出的，年少時已堅守高尚的節操，沉穩幹練，淡薄寡欲，是真正品行高潔的人。我沒有資格與他並列在你的左右，但你對我特殊禮

遇，對邢顒就態度冷淡，我擔心你身邊的人會說你壞話，批評你不尊重賢者，只採納庶子的文采，卻忽視家丞的德行，因而向上誹謗你，所以我輾轉難安。」後來邢顒轉任參丞相軍事，轉東曹掾。

曹操就選立繼承人一事猶豫不決，問邢顒意見，邢顒說：「以庶代嫡，在先代已有例子作為警戒，希望你小心考慮啊！」曹操明白他的心意，後來曹操就選擇曹丕為繼承人，並任命邢顒為太子少傅，後升任太傅。

建安二十五年，曹丕稱帝，任邢顒為侍中尚書僕射，賜爵關內侯，出任司隸校尉，再升任太常。黃初四年（223年），邢顒去世，兒子邢友繼承他的爵位。

歷代例句

春發其華，秋收其實，有始有極，爰登其質。（南朝劉宋范曄《後漢書》）

普天同慶

■ 釋　義　天下之人共同慶祝。舊時多用為歌頌帝王喜慶的套語。

【出處】今溥（普）天同慶而卿最留遲，何也。（陳壽《三國志・魏志・郭淮傳》）

■ 近義詞　率土同慶
■ 反義詞　怨聲載道

■ 故事背景

郭淮奉命祝賀魏文帝受禪登基，途中生病而遲到，文帝不予追究。

建安年間，郭淮曾任曹丕門下賊曹，後調往丞相府並跟隨曹操征討漢中。曹操返洛陽時，留夏侯淵在漢中抵禦劉備，郭淮為夏侯淵的司馬。夏侯淵和劉備交戰，郭淮因病沒有出陣。夏侯淵被殺害後，兵將惶恐不安，郭淮重整軍力，

推舉張郃為主帥，各營才安定下來。翌日，劉備準備渡漢水來攻，郭淮決定假意遠離漢水誘敵，待敵軍渡過一半時進行攻擊。不過劉備沒有渡江，郭淮一邊堅守陣地，一邊上書向曹操報告情況，獲曹操讚賞。

曹丕繼位後，封郭淮為關內侯，轉任鎮西將軍長史，代理征羌護軍，協助張郃和楊秋討伐山賊和叛亂的胡人。關中局勢安定下來，百姓安居樂業。

黃初元年（220 年），郭淮奉命到洛陽祝賀曹丕受禪登基，但因途中染病，所以遲了幾天。羣臣歡宴時，曹丕嚴斥郭淮：「從前大禹在涂山大宴諸侯，防風氏來晚了，禹就把他殺了。今天舉國臣民都一起慶祝，你有甚麼理由遲來？」郭淮答道：「微臣聽說五帝以德教化臣民，夏禹之子夏啟登位後政治敗壞則使用刑罰。如今微臣正趕上堯舜盛世，所以自知不會受到像防風氏那樣的殺身之禍。」曹丕大喜，任郭淮兼任雍州刺史，封射陽亭侯，黃初五年，正式任命為雍州刺史。後來平定安定郡羌族首領辟汜的叛亂。每當羌、胡有人歸降，郭淮都會先派人詳細了解他們的親戚關係、男女數量、年齡等。待見到他們時，一兩句話便知道他們的情況，眾人都讚揚他細心精明。

其後，郭淮在對抗諸葛亮時一再洞悉諸葛亮的計謀，令蜀軍無功而還。

歷代例句

今皇太子國之儲副，既已崇建，**普天同慶**，諸應上禮奉賀。（唐房玄齡等《晉書》）

四海鼎沸

■ 釋 義 形容天下大亂，局勢動盪。

【出處】「使兼御史大夫張音持節奉璽綬禪位。」裴松之注引《獻帝傳》：「當時則四海鼎沸，既沒則禍發宮庭，寵勢並竭，帝室遂卑。」(陳壽《三國志·魏志·文帝紀》)

■ 近義詞 天下大亂
■ 反義詞 四海昇平

■ 故事背景

漢獻帝將帝位禪讓給曹丕，眾臣勸曹丕接受。

建安二十五年（220 年），曹操去世，世子曹丕繼位為丞相兼魏王。曹丕親信華歆等人聯名上奏，要求獻帝讓出帝位予曹丕，獻帝無奈，唯有把帝位禪讓給曹丕。獻帝在冊書中表示，自己在位以來，國家動亂，幸得魏武王曹操拯救了四方危難，才得保社稷。現在魏王繼承前人的事業，文治武功，盛德彰顯，上天亦降下祥瑞，人神響應，故決定仿效堯舜，將帝位禪讓予曹丕。

羣臣亦紛紛勸曹丕受禪稱帝。太史丞許芝、左中郎李伏、尚書令桓階、侍中劉廙、常侍衛臻、輔國將軍劉若等逾百位朝臣紛紛上奏，道出漢帝遵循堯舜「天下為公」的主張禪讓帝位，吉祥的徵兆已清楚明白，而百姓亦歸向曹魏，實應順天應人，接受禪讓。

此外，相國華歆、太尉賈詡、御史大夫王朗以及九卿上奏，除複述漢帝和朝臣的意願外，更說道：「漢朝自章帝、和帝開始逐漸衰敗，至靈帝時朝綱敗壞，民不聊生，令天怒人怨，國家像是大鼎煮沸的水一樣，天下大亂，局勢動盪，最終禍延宮廷，權臣失勢，皇室衰敗。獻帝就像帝舜末年一樣，將帝位禪讓給聖明的君主。」他們認為，皇帝既然降低身份獻出帝位，就應接受皇朝更迭，順合人神的意向。

雖然眾臣一再請求曹丕受禪，但曹丕一再上書給獻帝推辭。相國華歆等再冒死勸諫，要求曹丕建壇場，備好禮節和儀式，選擇吉日，備三牲酒禮，禱告蒼天，待祭祀完成後，登帝位。

漢獻帝

這次，曹丕不再推辭。獻帝頒下詔書，請曹丕盡快登帝位。尚書令桓階等人命太史令擇定登位吉日。於是在洛陽修築拜天的祭壇，建安二十五年十月二十八日，曹丕登壇祭告天地後即帝位，將年號改為黃初，並大赦天下。

若**四海鼎沸**，豪傑並起，吾與足下當相避於中原耳。﹙唐
房玄齡等《晉書》﹚

孫策　孫權

烏集之眾

■ 釋　義　湊集在一起的毫無組織紀律的人羣，又言烏合之眾。

【出處】明府用烏集之眾，驅散附之士。（陳壽《三國志‧吳志‧虞翻傳》）

■ 近義詞　烏合之眾

■ 故事背景

虞翻稱讚孫策動用烏合之眾，便可駕馭歸附的人，連漢高祖劉邦都不及他。

虞翻是會稽郡餘姚人，早年得會稽太守王朗任命為功曹。建安元年（196 年），孫策征討會稽，虞翻當時正守父喪，但仍匆匆趕往郡府門前，王朗想迎接他進府，虞翻便脫下孝服進內拜見。虞翻勸王朗應避開孫策，但王朗沒有聽從他的建議。果如虞翻所料，王朗被孫策擊敗，倉惶逃到海上。虞翻跟隨至海上，保護王朗逃到東部侯官縣，並勸服侯官縣長開城門放他們進城。王朗以虞翻家有年邁母親着虞翻回家。虞翻回到會稽後，孫策仍任命他為功曹，並以朋友之禮待他，又親往他家拜訪。自此，虞翻便跟隨孫策四處征戰。

孫策愛好騎馬狩獵，有一日更獨自騎馬出遊，在山上遇

到虞翻。虞翻覺得孫策這樣太危險了，他便勸諫說：「你動用烏合之眾便能駕馭本來沒有真心歸附的人，還可以令他們甘心為你效力，雖是漢高祖也不及你。然而你輕易微服出行，隨從未及整理行裝，官兵們也為此而苦惱。作為領袖，如果不莊重就不能樹立威信，故此白龍變成魚，就惹來豫且（春秋宋國漁人）射牠的眼睛，白蛇自我放任，就遭到劉邦射殺。希望你稍加注意。」孫策聽後說：「你確是說得對，然而我經常思考事情，坐在家裏有時實在太納悶，就像裨諶（春秋鄭國大夫）草擬計劃時的計慮，我才會外出行獵解悶。」

後來，虞翻出任富春縣縣長。建安五年（200 年），孫策去世，孫權繼位，不過虞翻的率直性格經常惹怒孫權，最終被孫權流放交州。

歷代例句

故漢祖奮三尺之劍，驅**烏集之眾**，五年之中而成帝業。

（三國魏曹冏《六代論》）

計功行賞

■ 釋　義　計算功勳大小頒行賞賜。

【出處】「虞翻字仲翔。」裴松之注引晉虞溥《江表傳》：「策
　　　既定豫章，引軍還吳，饗賜將士，計功行賞。」（陳
　　　壽《三國志・吳志・虞翻傳》）

■ 近義詞　計功受賞、計勳行賞、計功受爵

■ 故事背景

孫策平定豫章後，犒賞將士，論功行賞。

建安五年（200 年），孫策擊敗黃祖後，欲進攻豫章。孫策特地請來會稽功曹虞翻，對他說：「華歆雖然名聞於世，但論材略並非我的對手，而且聽說他只有很少戰備物資，如果他不打開城門，只怕我的戰鼓一響，勢必生靈塗炭，不如你往見華歆，道明我的心意。」

虞翻便換過便服，到郡裏見華歆。他對華歆說：「雖然你名氣響徹全國，但與我的同鄉王朗相比，誰的名氣更大？」華歆回答道：「我不及他。」虞翻又問：「豫章的軍用物資、糧草和兵器，將士的勇敢程度，能比得上我的家鄉會稽嗎？」華歆回應：「我們不及會稽。」虞翻再問：「討逆將軍（指孫策）智謀過人，調兵遣將如同神人，你親眼看

孫堅

着他趕走了揚州州牧劉繇，你亦聽聞他平定了我的家鄉，如今你守着這孤立無援的豫章，軍需物資又不足，你再不早一點為自己前途打算，後悔也來不及啊！現在我們的大軍已屯駐在椒丘，我馬上就要回去，如果明天還收不到你的公文，我就再不管你的事了。」

虞翻離去後，華歆第二天大清早已出城，派官吏迎接孫策。孫策平定豫章後回到吳郡，設宴犒賞眾將士，並按他們的功勳作出賞賜。孫策讚賞虞翻的智謀外，更任命虞翻繼續當會稽功曹。三日後，虞翻便回到家鄉會稽。

歷代例句

計功而行賞，程能而授事。（戰國韓非《八說》）

汴既下，**計功行賞**，授虎符，管領女直、漢軍都元帥。
（元黃溍《宛平王氏先塋碑》）

岳雷大軍過了界山，收拾人馬，放炮安營，**計功行賞**。
（清錢彩《說岳全傳》）

同符合契

■ 釋　義　比喻完全相合，完全相同。

【出處】「術（袁術）甚奇之，以堅（孫堅）部曲還策。」裴
松之注引《吳曆》：「策曰：『一與君同符合契，有永
固之分，今便行矣。』」（陳壽《三國志‧吳志‧孫
策傳》）

■ 故事背景

　　**孫策向張紘請教事業發展
的策略，發覺自己和張紘的建
議完全相同。**

　　孫堅去世，孫策將父親
歸葬後，自己遷往江都縣（今
江蘇揚州市江都區）居住。其
時，著名學者張紘剛好在江都
為母親守孝。孫策慕名數度拜
訪張紘，請教他對天下局勢的
意見。孫策對他剖白自己復興
漢室的計劃，說：「先父曾與
袁術一起討伐董卓，可是功業
未成已被黃祖害死。我雖見識
淺薄，但仍有微小志向。我想
先請求袁術將先父的舊部下
交還給我，然後到丹陽（今河
南省淅川縣丹江口水庫淹沒
區）依靠舅舅丹陽太守吳景，
再招攬流散的兵士，向東佔據
吳郡和會稽，報仇雪恨，成為
保護朝廷的外藩，你有甚麼意
見？」初時，張紘一再以自己
才疏學淺且有孝在身而婉拒，
但眼見孫策言辭懇切而且滿懷

壯志，還激動得一邊說話一邊流起淚來，張紘終於被打動。

張紘跟孫策說：「從前周朝王室崩壞，齊桓公和晉文公一起復興周室，王室安定後，諸侯便只能盡臣子的本分進貢。如今你繼承先侯（指孫堅）的志向，又驍勇善戰，若投奔丹陽，在吳郡、會稽招集兵馬，你就可以統一荊州、揚州，殺敵報仇。到時你佔據長江，奮發威德，剷除叛臣，匡扶漢室，所建功業足與齊桓、晉文相比，成就又怎會僅限於做朝廷的外藩呢？當今亂世，若你能成大事，我自當與志同道合的朋友南渡來幫助你。」孫策大喜，說道：「我完全贊同，你的意見和我的想法如此一致，願我們情誼永固。我現在就起程，按你意見行事。家母和幼弟拜託你照顧，那我就無後顧之憂了。」

孫策依計劃而行，袁術雖欣賞孫策的才華，但始終不甘心交還孫堅的舊部下。直至興平四年（194 年），袁術派吳景和孫賁對抗朝廷派來任揚州刺史的劉繇，孫策以出兵幫助吳景為由，再要求袁術交回孫堅的舊部下，袁術答應。孫策便領軍到丹陽與吳景會合，沿途不斷有人投奔，到了丹陽，孫策軍隊已增至五六千人，而孫策母親和張紘亦已到丹陽與孫策會合。

■ 延伸閱讀

張紘與孫策的對話，為日後孫權建立吳國奠定基礎，猶如荀彧向曹操提議以河南為基地，諸葛亮向劉備提出的隆中對，以及其後魯肅向孫權提議溯江而西，為三國鼎立奠下重要的基石。

赤雀銜書，止於酆戶，周之受命，興乎此祥。即事所觀，**同符合契**。（北周庾信《齊王進赤雀表》）

言今獻赤雀，與古銜書可**合符契**也。此指現象相同。（倪璠注）

升堂拜母

■ 釋　義　漢代時的風俗習慣，交情深厚或重視其人的交情的人相訪時，常以進入後堂，拜候對方的母親為禮節。

【出處】{(孫) 堅} 子 {策} 與 {瑜} 同年，獨相友善，{瑜} 推道南大宅以舍 {策}，升堂拜母，有無通共。（陳壽《三國志·吳志·周瑜傳》）

■ 近義詞　八拜之交

■ 故事背景

　　孫策與周瑜交情深厚，互訪時都會先進入後堂拜見對方的母親，以符合禮節。

　　周瑜，廬江舒縣人，出身官宦世家。東漢末年，孫堅起義討伐董卓，將家眷安置到舒縣。孫堅的兒子孫策與周瑜同年，兩人一見如故，情如兄弟。周瑜將其中一所大宅院給孫策一家居住，並進入後堂拜謁孫策的母親，以符合後輩的禮儀，而各種生活所需，兩家人都會共用，互通有無。

　　周瑜的叔父周尚為丹陽太守，周瑜前往探望。剛巧孫策到了歷陽，正準備東渡長江，孫策派人送信告知周瑜，周瑜即領兵會合孫策，並跟隨孫策

往東進發。他們所向披靡，佔領多個郡縣，短短幾年，孫策已擁兵幾萬人，自信兵力已可以攻取吳、會兩郡和平定山越，於是命周瑜回去鎮守丹陽。

不久，袁術派自己的堂弟代周尚任曆陽太守，周瑜便與周尚回到壽春。雖然袁術想任命周瑜為部將，但周瑜覺得袁術不會有所成就，於是請求袁術任他當縣長，借意返回江東吳郡。

建安三年（198 年），孫策親自前往吳郡迎接周瑜，任他為中郎將，並即調撥二千兵卒、五十匹軍馬給周瑜。周瑜時年二十四歲。自此，周瑜便成為吳國舉足輕重的重臣。

■ 延伸閱讀

孫策之與周瑜，真是做到了「莫逆之交」、「割頸之交」、「生死之交」的地步。中國人

二喬

重視交友，重視友情。看歷代文學作品，以朋友為主題的，所佔比數很大。漢魏有拜親交友之風尚，即是交友時會行拜親。孫策除與周瑜有過拜親之禮外，與張昭和魯肅也有升堂拜親之禮。三國人物中，另魯肅之與呂蒙；呂蒙之與甘寧；盛憲之與孔融等，都有拜親的記載。

除了拜親，又流行妻子向友人跪拜之禮。例子有：孫堅與王晟，呂布與劉備，張遼與昌豨等。

〔範式〕與〔汝南〕〔張劭〕為友。二人告歸鄉里，〔式〕約〔劭〕二年後過〔劭〕拜尊親，見孺子。到期〔劭〕母醞酒，〔式〕果到，**升堂拜母**，飲盡歡而別。〔北宋李昉《太平御覽》〕

開門揖盜

■ 釋　義　喻接納壞人，自取其禍。

【出處】（{孫} 策）長史 {張昭} 謂 {權} 曰：「……況今姦
宄競逐，豺狼滿道，乃欲哀親戚，顧禮制，是猶開
門而揖盜，未可以為仁也。」（陳壽《三國志·吳
志·吳主傳》）

■ 故事背景

張昭勸孫權振作起來，繼承孫策的志向，帶領吳國建功立業。

孫權字仲謀，少年時已跟在兄長孫策身邊。孫策平定江東諸郡時，孫權只有十五歲。

建安五年（200 年），孫策去世，死前將軍政大事交給孫權。孫權對兄長身亡非常悲傷，終日以淚洗臉。孫策的長史張昭對孫權說：「現在怎可以是傷心痛哭的時候呢？即使是周公所訂立的喪禮，他的兒子伯禽也沒有遵守，不是他想違背父親的教誨，只不過是當時的形勢不許他這樣做。現時形勢嚴峻，奸佞小人互相爭逐，豺狼當道，你卻只懂得為已故親人悲痛，固守禮制，你這樣猶如打開門任由盜賊進來搶掠，這樣做絕不是仁義啊！」於是他命人為孫權換掉喪服，扶孫權上馬，讓他外出巡察軍營，穩定軍心。

孫權

心歸順，而天下豪傑遍佈各州各郡，作客寄寓的士人就以個人安危而隨意去留，君臣之間關係不穩。張昭、周瑜等人都願意協助孫權成就大業，所以都甘心擁戴孫權。是時，曹操上表任命孫權為討將軍，兼任會稽太守，駐守吳郡。孫權以師傅的禮儀對待張昭，以周瑜、程普和呂範等人為將領，統領軍隊，並招攬各方有德之士，魯肅、諸葛瑾等也開始成為他的將領，統領軍隊。他並派兵鎮壓山越族人，討伐不肯歸順的人。

當時孫權只佔據會稽、吳郡、丹陽、豫章和廬陵，而且這五郡的偏遠之地的人並未真

歷代例句

{魏徵}曰：「見利而動，慁諫違卜，**開門揖盜**，棄好即讎。」（唐姚思廉《梁書·敬帝紀》）

所向無敵

■ 釋　義　所到之處，沒有敵手。

【出處】「以中護軍與長史（張昭）共掌眾事。」裴松之注引
《江表傳》：「士風勁勇，所向無敵。」（陳壽《三國
志・吳志・周瑜傳》）

■ 近義詞 所向披靡
■ 反義詞 不堪一擊

■ 故事背景

周瑜認為孫權軍精糧足，實力足以抵抗曹操，毋需送兒子入朝作人質。

周瑜與孫策私交甚篤，孫母亦視周瑜如自己兒子般看待。有一年，周瑜往探望在丹陽任太守的叔父周尚時，孫策剛在歷陽準備東渡長江，孫策派人送信飛報周瑜，周瑜領兵前來迎接孫策，並開始跟隨孫策南征北討。孫策軍隊所向披靡，軍力迅速壯大。

建安五年（200 年），孫策去世，由孫權統領軍政事務。周瑜前來弔喪後，便留在吳郡，與張昭一同輔助孫權主持軍政事務。建安七年，曹操以朝廷名義下詔，命令孫權送兒子入朝作為人質。孫權召集羣臣商議，張昭、秦松等都猶豫不決，孫權當然不願意將自己兒子當人質，於是和母親與周瑜單獨會面，商議此事。周瑜說：「如今將軍你繼承父兄留下

的基業，統管六郡民眾，軍精糧足，將士用命，並且開山鑄造銅器，烹煮海水製得食鹽，領地內民生富足，百姓都不願意發生戰亂，他們早上揚帆出海，晚上就能到達目的地，將士像狂風一樣勇猛，所到之處都無人可敵，有甚麼理由委屈自己，送人質入朝呢？何況如果人質入朝，你就要和曹操成為一體，這麼一來，若朝廷有令和徵召時，你就必須聽從指揮，那就是受制於人了。」周瑜認為孫權不宜派人質入朝，應靜觀時局變化，若曹操以仁義匡扶社稷，到時才聽命於他也不遲，如果曹操圖謀不軌，戰爭將一發不可收拾，屆時，曹操必然會自取滅亡。

孫母也同意周瑜的意見，並說自己視周瑜像親兒子一樣，她也要孫權視周瑜如兄長一樣與他共事。孫權最後沒有送人質入朝。

歷代例句

峻狡點有智力，其徒黨驍勇，**所向無敵**。（唐房玄齡等《晉書》）

將軍用兵如神，**所向無敵**。（北宋司馬光《資治通鑑》）

秦主以一州之地，橫制天下，東平鮮卑，南取巴、蜀，兵不留行，**所向無敵**。（北宋司馬光《資治通鑑》）

言行計從

■ 釋　義　甚麼話都聽從，甚麼主意都採納；
　　　　　形容對某人十分信任。

【出處】「惟與程普不睦。」裴松之注引晉虞溥《江表傳》：
　　　　「外託君臣之義，內結骨肉之恩，言行計從，禍福
　　　　共之。」（陳壽《三國志‧吳志‧周瑜傳》）

■ 近義詞　言聽計從

■ 故事背景

曹操派蔣幹勸降周瑜，周瑜表態只會忠於孫權。

周瑜與孫策交情深厚，孫策領兵東渡長江時，周瑜已領兵跟隨孫策東征西討。建安五年（200 年），孫策遇刺，臨終時選擇孫權統領軍政事務，周瑜亦繼續為孫權效力。

赤壁之戰後，孫權拜周瑜為偏將軍，兼任南郡太守。劉備則任荊州牧。周瑜向孫權上奏，指出劉備有野心，加上有關羽和張飛兩員猛將，絕不會甘心長居人下。他建議孫權將三人分開在不同地方，削弱劉備的力量。但孫權考慮到曹操在北方，目前應當先廣納天下豪傑，沒有採納周瑜的意見。

另一方面，曹操欲拉攏周瑜倒戈，於是派與周瑜有交情的蔣幹當說客。蔣幹特地打扮成一般士人模樣往訪周瑜。蔣幹假意說是來聚舊，周瑜心裏有數，請蔣幹多留幾天，待

他處理完機密事務後，再與他詳談。

三日後，周瑜請蔣幹到軍營參觀營內物資和設宴招待，並向蔣幹一一展示孫權賞賜的隨從、服飾和珍貴的寶物。周瑜對蔣幹明言：「大丈夫有幸遇到像知己一樣的明主，對外是君臣，對內則情如兄弟。不僅對我的說話言聽計從，還願意同甘共苦，即使蘇秦、張儀再世，酈食其復出來勸我，我都會一一拒絕，何況是你這年輕人呢？」蔣幹知難而退，終究沒有遊說周瑜歸順曹操。

周瑜

赤壁之戰後，劉備、曹操都曾向孫權進言，希望令孫權猜疑周瑜，但孫權都不為所動。建安十五年，周瑜去世，孫權流着淚說：「周瑜有輔助君王成就王業的才幹，現在他夭亡早逝，我還可以依靠誰啊！」後來孫權稱帝，又對公卿大臣說：「如果當初沒有周瑜，我今天就不可能當上皇帝了。」

若俛等**言行計從**，不當如是。（後晉劉昫等《舊唐書・李渤傳》）

言行計從，人莫能間。亦作「言從計行」。（北宋司馬光《乞去新法之病民傷國者疏》）

武宗知而能任之，**言從計行**。（北宋歐陽修等《新唐書・李德裕傳》）

李德裕相武宗，**言從計行**。（北宋洪邁《容齋五筆・李德裕論命令》）

藍田生玉

■ 釋　義　藍田出產美玉，比喻賢父生賢子。

【出處】 注引《江表傳》：「{恪} 少有才名，發藻岐嶷，辨論應機，莫與為對。{(孫) 權} 見而奇之，謂 (其父){瑾} 曰：『{藍田} 生玉，真不虛也。』」(陳壽《三國志‧吳志‧諸葛恪傳》)

■ 故事背景

孫權稱讚諸葛恪聰明才智。

諸葛恪是諸葛瑾的長子，少年時已聰敏過人，有辯才。孫權欣賞他的才智，並對諸葛瑾說：「藍田這地方盛產美玉，果然是名門之後，名不虛傳啊！」

黃武元年 (222 年)，諸葛恪剛二十歲，已官拜騎都尉，與顧譚、張休等隨侍太子登談經論道，並與他們成為好友，從中庶子轉為左輔都尉。

孫權經常考驗諸葛恪的辯才，有一次，孫權宴請羣臣，諸葛恪跟隨父親參加。席上，孫權命人牽出一隻驢，驢的臉上貼了寫有「諸葛子瑜 (諸葛瑾別號，他臉長像驢)」幾個字的紙條，令諸葛瑾頗為尷尬。諸葛恪請求孫權讓他寫兩個字，孫權照准，只見諸葛恪在紙條上續寫了「之驢」兩個字，意即「諸葛子瑜之驢」，座

上的人都笑起來。孫權大喜，將驢送給諸葛恪。

有一日孫權問諸葛恪：「你父親和你叔父（諸葛亮），誰較優秀？」諸葛恪答道：「父親。」孫權問他原因，他答道：「父親知道該為甚麼人做事，叔父卻不知道，所以父親較優秀。」孫權開心地笑起來。

有一次孫權與羣臣飲宴，命諸葛恪依次給大家敬酒，斟到張昭面前，張昭以已有醉意而拒絕，並跟諸葛恪說：「這不是敬老應有的禮貌啊！」孫權笑着對諸葛恪說：「你有能力令張公理屈詞窮，喝下這杯酒嗎？」於是諸葛恪對張昭說：「周朝的姜尚九十歲仍領兵作戰，都沒有說自己老。如今軍隊上的事，將軍你已站在後面，聚會飲宴，你總被請到前面，這還不夠敬老嗎？」張昭無言以對，只好飲酒。

蜀國派使者出使吳國，孫權請蜀使回國後請諸葛亮選一匹好馬送給諸葛恪，諸葛恪即時跪下拜謝，孫權訝異地問道：「馬還未送來，你就稱謝？」諸葛恪說：「蜀漢就好像陛下在外面的馬廄，如今有了旨意，好馬一定能送到，我那敢不謝恩！」

孫權打算任命諸葛恪掌管軍隊糧草。諸葛亮得悉後，寫信給陸遜，表示諸葛恪性格粗疏，管理糧草許多繁雜公文，未必適合。孫權得悉後轉派諸葛恪帶領軍隊。

諸葛恪

年七歲，能屬文，通《論語》。及長，韶令美容儀，{太祖}見而異之，謂尚書僕射{殷景仁}、領軍將軍{劉湛}曰：「{**藍田**}**出玉**，豈虛也哉。」（南朝梁沈約等《宋書》）

引咎責躬

■ 釋　義　主動承擔錯誤的責任，並作自我批評。

【出處】後壹姦罪發露伏誅，權引咎責躬。（陳壽《三國志·吳志·吳主傳》）

■ 近義詞　引咎自責

■ 故事背景

孫權發現自己用人不當，引咎自責。

孫權想利用校事呂壹打擊豪門大族，故非常信任呂壹，然而呂壹本性苛刻殘忍，執法嚴酷。太子孫登雖然屢次進諫，但孫權都沒有理會，一眾大臣看到連太子進言都不獲接納，也就不再敢進言勸諫了。嘉禾五年（236 年），呂壹又誣告孫權的駙馬朱據私吞軍

餉，最後孫權發現朱據是無辜的，徹查下來，發現呂壹的殘忍行為和誣陷忠良，就把呂壹處死。孫權還自我批評承認錯誤，於是派中書郎袁禮代自己向各大將軍致歉，並乘機向大家詢問有甚麼改革建議。

袁禮回來後，孫權發覺大部分人都不敢有任何提議，於是下詔書予諸葛瑾、步騭、朱然和呂岱等，責罵他們以不在其位，不謀其政為藉口，將責任全部推卸給陸遜、潘濬。

而陸遜和潘濬見到袁禮時，又傷心流淚，言詞悲切，而且心懷恐懼，不敢進言。他感到非常失望。孫權指出，聖人尚且有錯，何況是他呢？但聰明人最重要的是懂得自我檢討。他與大家共事已幾十年，雖有君臣之別，但實際上情如手足，他希望大家一如往日，給他直言進諫，指出他不足之處。他說：「凡事都應該有所變革改進，我樂意接受任何意見，糾正我做得不好的地方。」

歷代例句

坐定，庾乃**引咎責躬**，深相遜謝。（南朝宋劉義慶等《世說新語・假譎》）

庚子，以旱故，公卿以下，**引咎責躬**。（唐李延壽《北史》）

不知所措

■ 釋　義　不知道該怎麼辦，多指對突然而來的事情，無法應付。

【出處】與弟〔融〕書：「大行皇帝委棄萬國，……皇太子以丁酉踐尊號，哀喜交并，不知所措。」（陳壽《三國志·吳志·諸葛恪傳》）

■ 近義詞　手足無措
■ 反義詞　從容不迫

■ 故事背景

諸葛恪寫信給弟弟諸葛融，提到他受命輔助新君，但自覺力有不逮，難以勝任。

太元二年（252 年），孫權病危，召令諸葛恪、孫弘和太常滕胤、將軍呂據、侍中孫峻，輔助皇太子孫亮。

翌日，孫權駕崩，一向與諸葛恪不和的孫弘擔心會受迫害，於是封鎖孫權的死訊，企圖假傳聖旨除掉諸葛恪。孫峻向諸葛恪通風報信，諸葛恪假意請孫弘商議事情，在席中殺死孫弘，然後穿上孝服發佈孫權駕崩的消息。

諸葛恪並寫信給弟弟公安督諸葛融：「本月十六日乙未，大行皇帝捨離萬邦，全國臣民莫不悲傷哀悼，想到他給我們父子兄弟的特殊恩典，遠勝其他臣子，我就更感悲慟，心肝碎裂。皇太子已於丁酉日繼位登基，我悲喜交集，不知如何是好。我身受先帝臨終遺

命，輔助幼主，自問才能不及霍光（西漢大司馬大將軍），卻受到像周公一樣輔助成王的託付，想到自己不能取得霍光輔助漢昭帝的成就，有損先帝委以重任的英明，我便憂心忡忡，惶恐不安。何況百姓厭惡一舉一動都被統治者監視，何時才可以改變這種情況呢？我以平庸資質卻身處輔助天子的高位，困難重重卻智謀不足，任務繁重而謀略短淺，誰能與我互相幫助呢？剛過去的漢朝，燕王與長公主互相勾結，導致上官桀等人作亂，現在我的處境正好與他們差不多，哪敢耽於安逸？你所駐守的地方與敵寇之地接壤，現在應當整頓軍備，激勵將士，進一步加強防備，即使犧牲性命，也要在所不辭，以報效朝廷，不辱列祖列宗。另外，在各地界防守的將領，更應小心賊寇聽到皇帝駕崩的消息時會乘機入侵。邊境各級官署，我已另修書函，命令帶兵將領不得任意放棄防守軍務，回京奔喪。國君去逝，雖然大家心情悲痛，但應公義忘私，就像伯禽喪服未除，即率軍出征一樣，如果違犯，就絕非小錯了。以親近的人作榜樣來糾察他人，這也是古有明訓。」諸葛恪被改授為太傅。於是取消密置視聽，刪減軍政冗員，免除拖欠的賦稅，取消關稅，各項政事都照顧到百姓的利益，因此國人無不歡悅。諸葛恪每次外出，百姓都引頸相望想一睹他的風采。

歷代例句

程仁呆了，這個意外的遇見，使他一時**不知所措**。（近代丁玲《太陽照在桑干河上》）

棄瑕錄用

■ 釋　義　不計較缺點、過失而錄用人才。

【出處】夫聖人嘉善矜愚，忘過記功，以成美化。如今王業始建，將一大統，此乃漢高棄瑕錄用之時也。（陳壽《三國志‧吳志‧陸瑁傳〈與暨豔書〉》）

據以為天下未定，宜以功覆過，棄瑕取用，舉清厲濁。（陳壽《三國志‧吳志‧朱據傳》）

■ 近義詞　棄瑕取用

■ 故事背景

陸瑁和朱據勸告暨豔，國家用人之際，考核時應以功補過，棄瑕取用。

暨豔為吳郡人，獲曹尚書張溫舉薦為選曹郎，後來接替張溫為選曹尚書，主理人才選拔和官吏考核。

暨豔性格耿直，剛正不阿，喜歡褒貶評論人物，他在選議三署官員（五官中郎將署、左中郎將署、右中郎將署）時，常公開批評他人的過失，以顯示自己的的嚴明。他憎厭貪贓枉法的官員，藉着祖輩蔭庇豪門子弟，將這些尸位素餐的官員貶職。陸瑁寫信給暨豔：「聖人嘉獎善良同情愚昧，忘記人的過失記着人的功績，以此成就良好教化。況且如今帝王基業剛剛建立，將要統一天下，這就是漢高祖忘記他人的過錯，用人唯才的時候，如果能夠善惡分明，仿效名士許邵、許靖兄弟評議人物

的做法，無疑可以整肅風俗，昌明教化，然而恐怕難以做到。應該遠則效法孔子泛愛天下，中則學習郭泰普教他人，近則要考慮到有助帝王建基立業。」

侍御史朱據也勸暨豔，認為如今天下未定，應讓官員將功補過，不宜計較他們的缺點和過錯，表彰清白的人用來激勵污濁者，已足以勸戒他們。如果一下子全部罷黜，恐怕會有後患。

可惜暨豔沒有聽兩人的勸告，終於惹來殺身之禍。黃武三年（224 年），被孫權下令自殺。

歷代例句

於是提劍揮鼓，發命東夏，收羅英雄，**棄瑕取用**。（漢陳琳《為袁紹檄豫州》）

聖朝赦罪責功，**棄瑕錄用**，推赤心於天下，安反側於萬物。（南朝梁丘遲《與陳伯之書》）

捨己從人，故能通天下之志；**棄瑕錄用**，故能盡天下之才。（唐陸贄《貞元九年冬至大禮大赦制》）

朝廷赦以不死，又復**棄瑕錄用**，使之專閫。亦作「棄瑕取用」。（清蔣士銓《桂林霜·闈誡》）

劉備　諸葛亮

聞雷失箸

【出處】〔曹公〕從容謂〔先主〕曰：「今天下英雄，惟使君
與〔操〕耳。〔本初〕（〔袁紹〕）之徒，不足數也。」
〔先主〕方食，失匕箸。（陳壽《三國志‧蜀志‧先
主傳》）

■ 近義詞　驚惶失措
■ 反義詞　不動聲色

■ 故事背景

劉備以為曹操發現他密謀
背叛和假裝庸碌，驚恐之餘，
利用天上打雷掩飾真情。

東漢末年，羣雄並起，劉
備最初投靠公孫瓚，後改投徐
州牧陶謙，屯兵於小沛。陶謙
病逝後，劉備統領徐州。

建安元年（196 年），袁
術攻打劉備，兩軍相持不下，
呂布乘虛襲擊下邳，並擄去劉
備妻兒。劉備向呂布求和，呂

布放還劉備妻兒，劉備回小沛
後，又招募了士兵一萬多人，
呂布大惱，於是親自出兵攻打
劉備。劉備敗走，投奔曹操。

曹操任劉備為豫州牧。劉
備打算回沛縣召回逃散的士兵
時，曹操給他軍糧，又增兵讓
他向東進攻呂布。呂布派高順
攻打劉備，曹操派夏侯惇前往
救援，夏侯惇被高順擊敗。高
順又俘擄了劉備妻兒，送到呂
布處。曹操親自領兵東征，在
下邳活捉呂布。劉備得回妻兒

後，便跟隨曹操到許昌。曹操對劉備禮遇有加，出外時常同乘一輛車，就坐時也常同席而坐。不過劉備始終心懷異志，但為免給曹操發現，多月來都在家裏種菜消磨時間，以作掩飾。

漢獻帝利用衣帶暗藏密詔，暗中命其岳父董承誅殺曹操，劉備也參與其中，但尚未行動。有一日，曹操隨意與劉備閒聊，說道：「天下英雄，只有你和我了，袁紹這些人，不值一提。」正在吃東西的劉備嚇得掉了筷子，幸好當時剛打雷，劉備乘機掩飾說：「聖人說，驟然而響的雷和猛烈的風會令人色變。」劉備雖然藉着雷聲為自己打圓場，以免露出自己心思，但心裏決定與董承等人合謀殺曹操。

正是這期間，窮途末路的袁術經徐州北上投靠袁紹，曹操要派兵截擊。劉備請纓出

劉備

戰，乘機脫離曹操的羈絆。不久，董承密謀的事被揭發，曹操將董承等人處死。劉備因在外，避過一死。自此曹劉二人結下不解之仇。

■ 延伸閱讀

這則故事，重心在反映劉備心裏對曹操的顧忌和遇事掩飾的急智。其實，曹操對劉備說「今天下英雄，惟使君與

{操}耳。」這段話,對理解三國時的劉備很重要。劉備得曹操的出兵才能保命,來到了許昌。而此時的劉備也沒有甚麼武裝力量。甚至直到「赤壁之戰」後,劉備才算真正擁有地盤,和據有一方的軍事力量。之前的二十年,劉備的武裝力量,跡近一「僱傭兵兵團」。奇怪的即使如此,劉備都被其時很多有份量的人,目為「英雄」或「梟雄」。曹操連當時勢大的袁紹也看不起,竟然對當時的劉備說出這番話,份量很重。看來正史和《三國演義》都低估了真實的劉備。

髀肉復生

■ 釋　義　常用為感慨自己久處安逸，壯志漸消，不能有所作為。

【出處】「{(劉)表}疑其心，陰禦之。」注引《九州春秋》：「({劉備})嘗於{表}坐起至廁，見髀裏肉生，慨然流涕。還坐，{表}怪問{備}，{備}曰：『吾常身不離鞍，髀肉皆消。今不復騎，髀裏肉生。日月若馳，老將至矣，而功業不建，是以悲耳！』」（陳壽《三國志‧蜀志‧先主傳》）

■ 近義詞　養尊處優

■ 故事背景

劉備感慨寄寓劉表處，壯志難酬，未能建立功業。

建安五年（200年），曹操東征，劉備敗走青州，袁紹和袁譚兩父子都對劉備敬重有加。一個月後，先前散失的兵將又漸漸回到劉備身邊。劉備暗中設計離開袁紹，改投荊州牧劉表。

劉表以上賓之禮接待劉備，給他加派兵力外，還讓劉備屯駐新野。劉備在荊州一耽便耽了九年。這九年間，劉表雖然對劉備禮遇有加，但始終對劉備有所顧忌，故而將劉備投閒置散。

有一次，劉表邀請劉備飲宴，席間，劉備起身往廁所，看見大腿內側長出肉來，感慨流淚。回坐後，劉表不禁覺得奇怪便詢問劉備，劉備說：「我以往常常身體不離馬鞍，大腿上不會長出多餘的肉，如今不再騎馬，大腿內側的肉便

長出來。歲月如梭，我亦年齡漸大，快要成老翁了，功業卻未能建立，故一時感觸吧。」

建安十二年（207 年），曹操南征劉表，恰逢劉表逝世，兒子劉琮繼位，向曹操投降，劉備得悉後擔心曹操會追擊他，於是帶領着部眾和追隨他的人離開荊州。

■ 延伸閱讀

這段故事出於《三國志》的裴松之徵引《九州春秋》。陳壽在書中只說「荊州豪傑歸先主（劉備）日多，表疑其心，陰禦之」而已。對《九州春秋》這則記載，晉代史家孫盛認為「備時羈旅，客主勢殊，若有此變，豈敢晏然終表之世而無釁故乎？此皆世俗妄說，非事實也。」裴松之也認為不可信。

--------- 歷代例句 ---------

因見己身**髀肉復生**，亦不覺然淚下。（明羅貫中《三國演義》）

上樓去梯

■ 釋　義　比喻進行極其秘密的謀劃。也比喻誘人上當。

【出處】（劉琦）每欲與亮謀自安之術，亮輒拒塞，未與處置。琦乃將亮遊觀後園，共上高樓。飲宴之間，令人去梯，因謂亮曰：「今日上不至天，下不至地，言出子口，入於吾耳，可以言未？」《三國志・蜀志・諸葛亮傳》

■ 近義詞　上樹拔梯

■ 故事背景

劉表兒子劉琦秘密地請諸葛亮為其出謀獻策。

劉備投靠劉表後，屯駐新野，期間更三顧草廬，邀得諸葛亮輔助共建大業。

當時，劉表的長子劉琦亦非常器重諸葛亮。劉表因聽信後妻之言，較喜歡小兒子劉琮，而不太喜歡劉琦。劉琦自覺勢孤力弱，常常向諸葛亮請教自保的辦法，但諸葛亮心裏盤算，劉備現在仍投靠劉表，若此事處理稍一不當，不但害了劉琦，還隨時影響到劉備，所以必須要想出一個雙贏的方法，是以每次都以外人不宜牽涉他人家事為由而拒絕。

有一次，劉琦邀請諸葛亮到他家作客，此時，諸葛亮大抵已有兩全之策，故而應約。劉琦與諸葛亮在後園遊逛，一同登上高樓，把酒談歡。酒酣耳熱之際，劉琦突然命人搬走樓梯，然後對諸葛亮說：「現

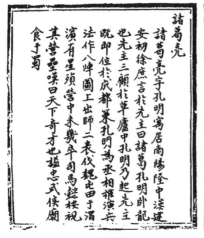

《中國古版畫》諸葛亮

在上不到天，下不着地，現在你說的話，只會傳進我耳朵，可以為我出謀獻策了吧！」諸葛亮回答他前，先講了一個故事：「你沒有聽說過戰國時期，晉國的申生留在朝中就危險，重耳逃亡在外就安全嗎？」劉琦立時心領神會，自此便時時刻刻暗地裏找尋外放的機會。剛巧江夏太守黃祖戰死，劉琦請求出任江夏太守。

不久，劉表去世，劉琮聽說曹操來襲，便派使者向曹操請降。劉備在樊城聽到消息後，率眾南走，可惜被曹操追上打敗。劉琦聞劉備軍到來，率軍迎接劉備到夏口。

■ 延伸閱讀

諸葛亮和前一輩年青俊彥，不為劉表所用，他們也不願效力劉表。可見諸葛亮謀略的高明。

殷中軍廢後，恨簡文云：「上人箸百尺樓上，擔梯將去。」〈南朝宋劉義慶等《世說新語‧黜免》〉

挾天子以令諸侯

■ 釋　義　挾制皇帝，以其名義號令諸侯。

【出處】 {隆中} 對：「今 {(曹) 操} 已擁百萬之眾，挾天子
而令諸侯，此誠不可與爭鋒。」(陳壽《三國志・蜀
志・諸葛亮傳》)

■ 故事背景

諸葛亮為劉備分析局勢，指出曹操假借獻帝名義號令諸侯，暫時不能與其硬碰。

建安十二年（207 年），屯駐新野的劉備聽從徐庶的建議，親自往隆中拜訪諸葛亮，他總共去了三次才得以與諸葛亮見面（三顧草廬）。劉備摒退左右後，向諸葛亮道出自己興復漢室的抱負，並請諸葛亮為他出謀獻策。

諸葛亮為劉備分析形勢（即著名的隆中對）：「自董卓入朝以來，各地豪傑紛紛擁兵自重，在地方上樹立勢力的人多不勝數。曹操與袁紹比較，曹操雖然名望和兵力都不及袁紹，但最終曹操打敗袁紹，以弱勝強，並非只靠運氣，還有人和。如今曹操擁有百萬雄師，挾持着天子來號令諸侯，在此情況下，實在不能與他硬碰。孫權佔據江東，已經歷三代人，江東地勢險峻，百姓又

《中國古版畫》三顧草廬

守不住它，這幾乎是上天用來送給將軍你的，難道你沒有發現嗎？此外，益州地勢險阻，州內沃野千里，是天府之國，昔日漢高祖亦是在此地成就帝業。然而這地方的主人劉璋懦弱無能，張魯又佔據了益州北部，雖然民豐物阜，但劉璋不懂珍惜，這裏的有能之士都渴望有明主帶領。你既是漢室後人，聲望響遍全國，大可招攬英雄豪傑，訪尋賢能之人，佔據荊州、益州，西邊與夷狄和睦共處，南方則安撫少數民族，外與孫權聯手，內則施行仁政，待時機一到，就可派猛將率領荊州軍隊攻向宛城、洛陽，而你就親自領軍從秦川出兵，老百姓誰敢不用竹籃盛着食物，用壺裝着水來迎接你呢？若你切實這樣做，自能成就霸業，復興漢室。」

劉備聽後喝采：「好！」。

劉備與諸葛亮的友情一

擁護他，有能之士都願意跟隨他，在這種情況下，亦不宜與他作對，而應爭取他為外援。荊州北面有漢水和沔水作為天然屏障，南可直通大海，土地遼闊，物資豐富，東面則連接吳郡和會稽，西面與巴蜀相通。這本來是一個可以發揮才幹，一展抱負的地方，可惜這個地方的主人（指劉表）卻

日比一日深厚。關羽和張飛等人都老大不高興，但劉備說：「孤之有孔明，就像魚得到水一樣，希望各位不要再說了。」關羽和張飛才作罷。

歷代例句

〔子美〕不能為〔太白〕之飄逸，〔太白〕不能為〔子美〕之沉鬱。……詩以〔李〕〔杜〕為準，**挾天子以令諸侯**也。（宋嚴羽《滄浪詩話·詩評》）

疏不間親

■ 釋　義　關係疏遠者不參與關係親近者之間的事。

【出處】{孟達}與{封}書:「古人有言:『疏不間親,新不加舊。』此謂上明下直,讒愿不行也。」(陳壽《三國志‧蜀志‧劉封傳》)

■ 近義詞　遠不間親

■ 故事背景

蜀將孟達降魏後,遊說劉備養子劉封降魏自保。

劉封為劉備的養子,二十多歲時已帶兵隨諸葛亮和張飛等一起攻打益州。益州牧劉璋開城投降,劉備領益州後,命劉封為副軍中郎將,劉璋的舊部下孟達為宜都太守。

建安二十四年(219年),孟達和劉封合力取得上庸。其時,關羽被圍困於樊城、襄陽,多次要求兩人出兵支援均被拒絕,結果關羽被孫權殺死(樊城之戰)。劉備因此惱恨兩人。此時,兩人亦關係破裂,孟達又害怕劉備會追究,於是率部眾投降曹丕。

不久,曹丕欲襲擊劉封,孟達寫信給劉封說:「古語有云:『疏不間親,新不加舊』,就是說親疏有別,關係疏遠的人不會離間關係較親密的人,剛結交的人,不能超過早已認識的友人,雖說君主英明就有

正直賢臣，讒言就不能中傷。然而如果君主玩弄權術，即使賢父慈母，仍然會發生忠臣遭害，孝子受難。」孟達指出，當情義有變或有人從中作梗，親人尚且可以反目成仇，若非親人，就更不堪設想了。

孟達推斷劉備立劉禪為太子時，已有人在劉備面前進讒，一旦懷疑變成怨恨，嫌隙就難收拾。現在劉封在外，還可暫且喘息，如果魏軍來襲，劉封失去根據地而要返回蜀地，就恐怕難逃災劫。他建議劉封應乘着曹丕初登帝位，虛心招賢時投奔曹魏。

不過劉封沒有答應，不久，曹軍真的來襲，劉封兵敗逃回成都，劉備責他欺負孟達，令孟達降魏，又不救援關羽。諸葛亮擔心劉封性情剛烈，若劉備去世後就難以控制劉封，便勸劉備借此除掉劉封。於是劉備賜劉封自殺。至此，劉封後悔沒有聽從孟達的勸告。

歷代例句

〔魏文侯〕欲置相，召〔李克〕問曰：「寡人欲置相，非〔翟黃〕則〔魏成子〕，願卜之於先生。」〔李〕避席而辭曰：「臣聞之卑不謀尊，**疏不間親**，臣外居者也，不敢當命。」（漢韓嬰《韓詩外傳》三）

變生肘腋

■ 釋　義　比喻變亂發生在內部或身旁。

【出處】亮答曰：「主公之在公安也，北畏曹公之彊，東憚孫權之逼，近則懼孫夫人生變於肘腋之下，當斯之時，進退狼跋。」(陳壽《三國志・蜀志・法正傳》)

■ 故事背景

　　有人要求諸葛亮向劉備舉報法正擅自殺掉曾開罪他的人，但因劉備寵信法正，諸葛亮沒有上報。

　　建安十九年（214 年），劉備帶軍攻打益州，氣勢如虹，益州從事鄭度建議劉璋以堅壁清野之策拖垮劉備。劉備得悉後大為惱怒，詢問法正意見。法正認為劉璋不會用這方法，請劉備放心。結果如法正所言，劉璋不僅沒有採納這計策，還罷黜鄭度。

　　劉備包圍成都，太守許靖欲棄城逃亡，事敗被人發覺。劉璋投降後，劉備因此事而不想任用許靖，但法正認為，許靖雖是虛有其名，但名聲四海皆知，劉備剛開始創建大業，如果棄用許靖，會令天下人誤以為劉備輕視賢才，於是劉備厚待許靖。劉備任命法正為蜀郡太守、揚武將軍，既治理京畿，又是劉備主要謀臣。

法正得勢後，不論是過去對他有一飯之恩抑或曾經和他有小小衝突的人，他都有恩報恩，有仇報仇，因而擅自殺掉幾個曾經誹謗他的人。有人向諸葛亮舉報，希望諸葛亮代為向劉備反映，以勸戒法正不要再作威作福。但諸葛亮說：「當初主公（劉備）入關中時，北方受到擁兵自強的曹操的威脅，東面則懼怕虎視眈眈的孫權，又擔心身邊的孫夫人（劉備妻子，孫權妹妹）隨時作亂。主公是左右兩難啊！是法孝直（法正）從旁輔助，使主公擺脫這窘境，不再受到制肘的，我又怎能禁止法正，使主公不能完成心願呢？」

孫夫人才思敏捷，性格剛烈如其兄長，她身邊有百多名侍婢，都手持利刃守衛在她身邊，劉備每次進房內都很害怕。同時諸葛亮又明白劉備寵信法正，故而向來人說這番話。

歷代例句

萬一變生肘腋，子將安之？（明劉基《書紹興府達魯花赤九十子陽德政詩後》）

一旦變生肘腋，可為深慮。（清張廷玉等《明史·楊漣傳》）

電報送到北京，以**變生肘腋**，清廷震驚之下，不料竟低心下氣，復電將十九條政見一一接受，並立即入太廟宣誓立憲。（近代馮玉祥《我的生活》）

陟罰臧否 作姦犯科

■ 釋　義　陟罰臧否：賞罰褒貶。
　　　　　作姦犯科：為非作歹，違
　　　　　法亂紀。

【出處】宮中府中，俱為一體，陟罰臧否，不宜
　　　　異同。若有作姦犯科及為忠善者，宜付
　　　　有司，論其刑賞。（陳壽《三國志・蜀
　　　　志・諸葛亮傳》）

■ 近義詞　陟罰臧否：賞罰分明
　　　　　作姦犯科：違法亂紀

■ 故事背景

諸葛亮北伐前上表劉禪，提醒他若有人觸犯法紀，應交有司處罰，不可偏私。（即傳誦後世的《出師表》）

章武三年（223 年），劉備駕崩，諸葛亮輔助後主劉禪。建興三年（225 年），諸葛亮率軍平定南方叛亂，兩年後，諸葛亮決定北伐中原，出發前給劉禪上奏，大意是：

「先帝劉備統一大業的宏願未完成已不幸崩逝，如今天下三分，益州正處於生死存亡的危急關頭，但文武百官不敢懈怠，將士英勇抗敵，這是因為他們追念先帝的知遇之恩，以報答給陛下。陛下應該廣開言路，聽取意見，發揚先帝遺留下來的美德，振奮士氣，不應隨便看輕自己，放縱失察，以致堵塞了忠臣勸諫之路。

皇宮和丞相府是一個整體，提拔、懲處、嘉許和批評都應一視同仁。若有人為非作

歹，觸犯法紀，或有人忠心國家，宜交給有司懲罰或獎賞，不應有偏袒和私心，使朝廷內外的獎罰標準有所不同，以示陛下賞罰嚴明的治國之道。

陛下應多親近賢臣，疏遠小人。侍中、侍郎郭攸之、費禕、董允，都是先帝特地選拔出來輔助陛下的賢臣，所以宮中事不論大小，都可以先諮詢他們才實行，這樣一定能彌補疏漏缺失。他們也有責任處理國家政務，進獻忠言。軍中事情宜與將軍向寵商討，他善良

公正，精通軍事，一定能團結軍心。陛下能多親近、信任他們，興復漢室定必指日可待。

至於討伐曹賊，希望陛下將這責任交付予我，若討賊失敗，就請陛下治我以罪，以慰先帝在天之靈。

微臣如今揮軍遠征，實難以抑壓深受大恩之情，對着表章除了流淚，已不知說甚麼才好。」

上表後，諸葛亮便領軍出征，在屯水北岸駐兵。

歷代例句

「郡邑守令仰望風采，**陟罰臧否**，在其一言。」（清章炳麟《革命道德論》）

今兒子既在你處，必然是**作姦犯科**，誘藏了我娘子，有甚麼得解說？（明凌濛初《二刻拍案驚奇》）

不知所云

■ 釋　義　謂自己思緒紊亂，不知道說了些甚麼。今泛指言語混亂或空洞。

【出處】臨表涕泣，不知所云。(《昭明文選・諸葛亮〈出師表〉》)

不知所言。(陳壽《三國志・蜀志・諸葛亮傳》)

■ 近義詞　語無倫次

■ 故事背景

諸葛亮北伐前上表劉禪，感恩劉備重用，要完成劉備統一國家遺願。

章武三年 (223 年)，劉備崩逝，諸葛亮輔助後主劉禪。建興三年 (225 年)，諸葛亮率軍平定南方叛亂，建興五年，諸葛亮決定北伐中原，出發前給劉禪上奏疏，勸勉後主虛心納諫，賞罰分明，親近賢臣，疏遠小人 (見上則「陟罰臧否、作姦犯科」)，並憶述自己與先帝劉備的往事，表明自己對蜀國的忠心。

「微臣本來是一介平民，在南陽隱居，在亂世中苟且求全，不求揚名立業，但先帝紆尊降貴，三次到草廬探訪，詢問微臣對天下局勢的看法。臣深感先帝知遇之恩，於是答應為先帝效勞，至今已二十一年了。先帝知道微臣處事小心謹慎，所以臨終時把輔助陛下，復興漢室任務託付給微臣。

斬馬謖

「微臣受命以來，日夜都為國事操心，恐怕有負先帝遺命。因此，微臣帶兵南下，深入南蠻地區，平定南方。現在軍隊裝備充裕，應率軍北伐中原，希望竭盡微臣平庸的才能，剷除敵人，復興漢室，遷返原來的首都。這就是微臣用以報答先帝，忠於陛下之心。

「希望陛下將討伐逆賊的責任交付微臣，若不成功，就處罰微臣，陛下也應聆聽治國之道，採納正確的言論，以符合先帝臨終時的教誨。微臣難以抑壓深受大恩之情，如今就要遠離，對着表章難掩淚眼，也不知該說甚麼了。」

諸葛亮上表後便領軍出征，駐扎在屯水北岸。

建興六年（228年）春天，諸葛亮軍進攻岐山，因馬謖沒有聽從他的調度而大敗。諸葛亮斬馬謖向大家謝罪，自己則向劉禪上奏疏，請求降職三級作為懲罰。同年諸葛亮再出兵散關，曹真率兵抵抗，諸

葛亮糧盡退兵時，魏將王雙追擊，結果被諸葛亮斬殺，大敗魏軍。

建興七年，諸葛亮平定武都、陰平，降服氐族和西羌，劉禪恢復諸葛亮丞相職位。

歷代例句

而且刪掉的地方，還不許留下空隙，要接起來，使作者自己來負吞吞吐吐，**不知所云**的責任。（近代魯迅《〈花邊文學〉序言》）

你報導甚麼事件也好，談論甚麼問題也好，總要圍繞一個實質性的東西。不能虛無縹緲**不知所云**。（近代蕭乾《我愛新聞工作》）

畏敵如虎

■ 釋　義　害怕敵人就像害怕老虎一般。

【出處】「亮復出祁山。」裴松之注引晉習鑿齒《漢晉春秋》：「賈栩、魏平數請戰，因曰：『公（司馬懿）畏蜀如虎，奈天下笑何！』宣王病之。」《三國志・蜀志・諸葛亮傳》

■ 近義詞　畏之如虎
■ 反義詞　英勇無懼

■ 故事背景

諸葛亮再次出兵祁山，司馬懿迎戰，但因害怕諸葛亮而不敢正面交戰。

建興六年（228 年），諸葛亮領兵進攻祁山，雖然得到南安、天水和安定三郡紛紛響應，但因前鋒馬謖與魏將張郃在街亭交戰時沒有依從諸葛亮的調度，結果大敗。諸葛亮退回漢中，斬馬謖向大家謝罪，並請求劉禪對他降職三級。

同年冬，諸葛亮再次出兵散關，斬殺了魏將王雙。建興七年，諸葛亮再度出兵，取得武都、陰平兩郡。劉禪下詔令諸葛亮恢復丞相一職。

建興九年，諸葛亮再次出兵祁山，魏國大司馬曹真病重，曹叡派司馬懿統領張郃、費曜、戴陵、郭淮等人迎戰。司馬懿派費曜和戴陵留守上邽，其餘全部西進救援祁山。張郃認為可分兵駐守雍、郿兩縣，但司馬懿擔心削弱兵力而

沒有同意。諸葛亮派部分將領留下來圍攻祁山，自己則領兵到上邽迎戰司馬懿。兩軍在上邽相遇，諸葛亮領軍撤退，司馬懿追擊諸葛亮至鹵城，但雙方未有交戰。張部跟司馬懿分析形勢，認為在祁山的魏軍知道援軍已到，必定軍心大振，他認為司馬懿若再進兵但又不敢和敵人決戰，反而會令將士失望，但司馬懿沒有採納意見，繼續追擊諸葛亮，但追到蜀軍後又登山紮營，不肯與蜀軍決戰。賈栩、魏平多次請戰，說道：「你怕蜀軍就像怕老虎一樣，不怕被人笑話嗎？」眾將一再請戰，司馬懿才派張部圍攻何平，自己則領軍向諸葛亮推進。諸葛亮派魏延、高翔、吳班迎戰，大敗魏軍，司馬懿退軍回營。諸葛亮退兵時與魏軍交戰，射殺了張部。

建興十二年，諸葛亮率兵由斜谷道出兵，佔據了五丈原，與司馬懿對峙了一百多天。這年八月，諸葛亮病重，在軍中去世。

歷代例句

省兵之餉並以厚戰士，以精器甲，自然人賈勇，何至如**今畏敵如虎**，視營伍如蹈阱乎？（明徐光啟《謹申一得以保萬全疏》）

孔融

老蚌生珠

■ 釋　義　稱譽人老來得子。

【出處】「{韋康}為{涼州}，後敗亡。」注引{孔融}與{韋康}父{端}書：「前日{元將}（{康}）來，淵才亮茂，雅度宏毅，偉世之器也。昨日{仲將（誕）}又來，懿性貞實，文敏篤誠，保家之主也。不意雙珠，近出老蚌，甚珍貴之。」(陳壽《三國志·魏志·荀彧傳》)

■ 近義詞　老蚌珠胎、老年得子

■ 故事背景

孔融稱讚韋端老來得子，兩個兒子都是賢德之才。

孔融和韋端同為東漢末年朝臣，兩人私交甚篤。韋端老來得子，分別名為康和誕，兩兄弟年齡稍長，先後拜訪了孔融。孔融非常欣賞兩位賢侄天資聰穎，博學多才，他寫信給韋端稱讚他們兩兄弟，信中寫道：「元將（韋康）前日來我家中，他學識淵博，氣度不凡，抱負遠大，意志堅強，將來必成大器。仲將（韋誕）昨日也來過我家，他為人老實敦厚，文思敏捷，將來必是個光耀門楣的人。沒想到你上了年紀仍能生出兩個如此不凡的好兒子，你要好好珍惜啊！」

一如孔融所言，韋端由涼州牧調任朝中太僕，韋康接替父親當涼州刺史，成為一時佳話。後來，馬超圍涼州冀城，韋康寧死不屈，堅守了一段長時間後，因援兵遲遲未至，

最終被馬超殺死。韋誕則較幸運，官至侍中。韋誕在嘉平五年（253 年）以七十五歲之齡去世。

歷代例句

{（邢）邵} 又與 {卬} 父 {子彰} 交遊，嘗謂 {子彰} 曰：「吾以卿**老蚌**遂出**明珠**。」也用以喻老年生子。（唐李百藥《北齊書》）

舊聞**老蚌生明珠**，未省老兔生於菟。（北宋蘇軾《虎兒詩》）

無脛而行

■ 釋　義　沒有小腿而能遠走。脛，小腿。喻
　　　　　事物用不着推行，也能迅速傳播。

【出處】注引〔漢〕〔孔融〕《與曹公書》：「珠玉無脛而自至
者，以人好之也，況賢者之有足乎？」（陳壽《三國
志‧吳志‧孫韶傳》）

■ 近義詞　無脛而至、無脛而走、無脛而來

■ 故事背景

孔融擔心盛憲會被孫策殺害，向曹操推薦盛憲，可惜朝廷詔書未到，盛憲已被孫權殺死。

會稽人盛憲氣量雅正寬宏，為人所稱頌，曾任吳郡太守，後以身體有病辭官回鄉。東漢末年，孫策平定吳郡和會稽後，由於他向來嫉妒有才之士，因此常借故殺掉一些才能出眾和有名望的人，盛憲自然

孔融

也成為他的眼中釘。孫策死後，孫權繼續對其進行迫害。

孔融和盛憲是好朋友，擔心盛憲的安危，建安十年

（205年）孔融寫信給曹操，希望曹操錄用盛憲。孔融信中寫道：「歲月如流，轉眼間曹公你剛滿五十歲，我也已五十二歲，現在全國有才名的人已零落殆盡，只有會稽盛孝章（即盛憲）還在。然而他受困於孫氏，妻兒已喪生，如今盛憲是孑然一身，孤獨面對困境。如果憂愁會傷人，恐怕盛憲難享天年。」

孔融形容盛憲是大丈夫中傑出的人才，天下擅長遊說之士都依靠盛憲來揚名，現在卻隨時身陷囹圄，生命危在旦夕。孔融請求曹操徵召盛憲，只要曹操寫一封短信，派使者往訪盛憲，盛憲就會前來，而曹操誠意結交朋友的道義就會傳揚開去。他又寫道：「曹公你在漢室危難之際，復興漢室，匡正朝廷秩序。而糾正朝廷秩序，就需要依靠人才。珠玉本來是沒有腿的，它之所以落到人們手中，是因為有人喜歡它，何況有才能的人就好像有腳一樣可以行走，很快便為人所認識。」孔融還在信中強調，只要尊重人才，賢才就會跑來。

曹操看信後亦覺得孔融言之有理，於是任命盛憲為騎都尉，可惜朝廷詔書未到會稽，盛憲已被孫權殺害。

歷代例句

玉無翼而飛，珠無脛而行。（北齊劉晝《劉子新論》）

巢毀卵破

■ 釋　義　意思是鳥巢毀了，卵也一定會打
　　　　碎。比喻大人遭難而牽連到子女。

【出處】{孔融}為{曹操}所不容，相傳{融}被捕時，有
女七歲，子九歲，正下棋，仍坐不動。人問父被
捕，為何不起，答道：「安有巢毀而卵不破乎！」意
思說自己也不得倖免。後俱被殺。（南朝宋范曄《後
漢書》）

{魯國}{孔融}注引（{晉}{孫盛}）《魏氏春秋》。
（陳壽《三國志‧魏志‧崔琰傳》）

■ 近義詞　巢傾卵破、雞飛蛋打
■ 反義詞　完好無缺

■ 故事背景

　　孔融屢次開罪曹操，被曹操下獄處死，他的兒女亦受株連。

　　孔融字文舉，是孔子第二十代孫，年幼時已才華出眾，十多歲時，河南尹李膺已形容他長大後必成大器。

　　他十六歲時，曾因代兄長孔褒窩藏被朝廷追捕的張儉而險些喪命，幸好朝廷以張儉本來是求孔褒收留，而下詔由孔褒頂罪，孔融獲得釋放，並因此事而聲名遠震，後來還得到朝廷選用，三十八歲時官至北海相。

　　孔融自視甚高，在他眼中，他的同僚都不過是庸碌之輩，他雖志向遠大，但政績上其實毫無貢獻，治理北海六年間，他沒有知人善任，無力打

漢獻帝

建諸侯來增強漢室的實權，然而當時朝廷剛重新建立，令曹操心懷不悅。

孔融還未知好歹，經常和曹操對着幹。例如反對恢復肉刑、嘲諷曹操實施禁酒令等，一再惹怒曹操。建安十三年（208年），曹操以孔融在對答孫權使者時譏謗他，借故將孔融處死。

當時孔融兩個約七八歲的兒女正在家裏下棋。雖然看到父親被捕，卻繼續下棋。身邊的人問他們：「你父親被抓了，為甚麼像沒有事發生一樣？」兒子卻高聲道：「鳥巢被毀，巢內的卵又怎可能不破碎！」兩人已預料到，父親惹禍，他們也不能倖免。果如所料，他們與父親一同被處死。

擊貪官刁民，又未能平定黃巾賊亂。建安元年（196年），袁紹兒子袁譚率兵來襲，孔融的部眾全部逃掉，他自己逃到山東，妻兒則被袁譚俘擄。

獻帝遷都許昌後，孔融上奏獻帝，建議恢復舊制，確定帝京，劃出周圍千里的地域作為司隸所下轄的範圍，不以封

塚中枯骨 何足介意

塚中枯骨
- ■ 釋　義　猶言行屍走肉，譏諷志氣卑下、沒有作為的人。

何足介意
- ■ 釋　義　猶言哪裏值得介意，表示輕視。

【出處】{北海} 相 {孔融} 謂 {先主} 曰：「{袁公路}（{術}）豈憂國忘家者邪！塚中枯骨，何足介意！」(陳壽《三國志・蜀志・先主傳》)

- ■ 近義詞 何足介意：無足掛齒、微不足道
- ■ 反義詞 何足介意：另眼相看

■ **故事背景**

麋竺、孔融等人遊說劉備治理徐州，劉備推辭，說袁術才是適合人選，孔融批評袁術如同死人，不值一提。

獻帝興平元年（194 年），曹操攻打徐州，徐州牧陶謙派遣使者向田楷求援，田楷派劉備率兵卒數千人趕赴徐州，抵達徐州後，陶謙調撥四千丹楊兵給劉備，劉備於是投靠陶謙。陶謙向朝廷舉薦劉備為豫州刺史，駐紮小沛，劉備便在徐州留下來。

陶謙病重，對部下麋竺說：「如果沒有劉備，徐州是難以安定的。」獻帝建安元年（196 年）陶謙逝世，麋竺率領徐州鄉紳邀請劉備管領徐州，劉備最初謙讓推辭，下邳人陳登對劉備說：「當今漢室衰落

袁術

頹敗，天下大亂，現在正是建功立業的大好時機。徐州民豐物阜，人口百萬，你就屈就一下掌管徐州吧！」劉備說：「袁公路（袁術）正在附近的壽春，他系出名門，祖先四代五人位居公卿，天下人心都歸向他，你可以將徐州給他。」陳登答：「袁術驕橫自負，並非治理亂世之才。我們正計劃為你招募十萬步兵和騎兵，你帶領着士兵進可匡扶漢主、安民濟世，建立功業，退可割地稱雄，功垂青史。若你還是不答應我們的請求，恐怕我也難以聽從閣下的意見了。」北海相孔融也對劉備說：「袁公路怎會是一個憂國忘家的人，他猶如一具墳墓中的枯骨，不值一提。現在的局勢，百姓只會擁戴有能力的人，上天給你這機會，若你仍然推辭，將來必後悔不及啊！」劉備便在糜竺、陳登和孔融等人的支持下接管徐州，成為徐州牧，並擁有了第一塊地盤。

■ 延伸閱讀

出身於「四世三公」漢末最顯赫家族的袁術，行事真是紈綺子弟的典型。少年得志，年紀輕輕，已位居虎賁中郎將，反董卓而能割據一方，其實是來自家世的護蔭。行為「奢淫肆欲，徵斂無度」，行事不講信用。對漢室陰懷異志，

不瞭解世局，也無自知之明。在窮促之際，竟然稱帝，而成眾矢之的。至大敗而走頭無路，病亡有日，尚大叱曰，「袁術至於此乎！」

歷代例句

塚中枯骨，吾早晚必擒之。（明羅貫中《三國演義》）

塚中枯骨袁公路，唾手居然得冀州。（近代沈礪《詠史》）

華陽國志曰：維惡黃皓恣擅，啟後主欲殺之。後主曰：「皓趨走小臣耳，往董允切齒，吾常恨之，**君何足介意！**」維見皓枝附葉連，懼於失言，遜辭而出。後主敕皓詣維陳謝。維說皓求沓中種麥，以避內逼耳。（陳壽《三國志・蜀志・姜維傳》）

「卜陽等財寶足富數世，諸卿但不並力耳。所亡少少，**何足介意！**」（南朝宋范曄《後漢書》）

逢吉與楊邠亦舉觴曰：「是國家之事，**何足介意！**」弘肇又厲聲曰：「安定國家，在長鎗大劍，安用毛錐！」王章曰：「無毛錐，則財賦何從可出？」自是，將相始有隙。（北宋司馬光《資治通鑑》）

布聽其言，即命擒下陳珪、陳登。陳登大笑曰：「何如是之懦也？吾觀七路之兵，如七堆腐草，**何足介意！**」（明羅貫中《三國演義》）

不到半日，將百餘日之事，盡斷畢了，投筆於地，而對張飛曰：「所廢之事何在？曹操，孫權，吾視之若掌上觀文，量此小縣，**何足介意！**」（明羅貫中《三國演義》）

三國高士

風移俗改

■ 釋　義　轉移風氣，改變習俗。

【出處】「曾祖父安。」裴松之注引李氏《先賢行狀》：「遷濟陰太守，以德讓為政，風移俗改」（陳壽《三國志‧魏志‧杜襲傳》）

■ 近義詞　風移俗易、移風易俗

■ 故事背景

曹魏重臣杜襲的曾祖父和祖父是東漢忠臣，都以仁義施政，改善了社會風氣習俗。

杜襲的曾祖父杜安有「神童」之稱，十三歲時已進入太學（古代的國立大學）。有些皇親貴冑仰慕他的名聲而寫信給他，他為避嫌，看也不看便收藏在牆壁內。後來果然有人惹禍被捕，朝廷還將調查範圍延伸至與被捕者有書信往來的人，由於他一封也沒有拆開過而避過牽連。杜安官至巴郡太守，為官清廉，待人處事都以身作則，一言一行都符合禮教，為下屬的模範，一改社會歪風。杜安死於任內，遺命後人只需把他薄葬。

杜襲的祖父杜根被推舉為孝廉，任郎中。當時是漢和帝劉肇的鄧太后掌權，外戚專權，漢安帝劉佑長大後，鄧太后仍不肯讓安帝親政。杜根與多位郎中一同上書直諫，鄧太

后大怒，將一干人等處死。被捕的人都被捉到殿上，再用布絹包裹毒打致死。主持執法的人因佩服杜根德高望重，處事公正，暗中沒有太用力打杜根。當誅殺完畢後，用車拉到城外棄置，杜根閉目不動。三天後才敢起來逃走。他逃到宜城山中一家酒家當酒保。酒家知道他是個有賢德的人，都很尊重他。

十五年後，永寧二年（121年）鄧太后去世，鄧氏一族被滅，安帝派人訪尋當年被誅殺的人的後代，杜根才敢現身任符節令。有人問杜根：「當日受害時，應該有很多和你一樣堅持道義的親友可以幫助你的，你為甚麼不去找他們，而令自己受苦多年呢？」杜根回答：「萬一事情泄露，就會禍及親友，所以我不去找他們幫助。」後來杜根出任濟陰太守，他以賢德謙讓的高尚品行處事施政，一改社會的不良風氣和陋習。後辭官回鄉，享年七十八歲。也同樣遺命後人將他薄葬。

杜安和杜根都以賢德為人所稱頌，當時的官吏路經當地時，都要先到他們的墳前祭祀。

歷代例句

夫樂者感人密深，而**風移俗易**。（漢王褒《四子講德論》）

於是**風移俗易**，上下茲和。（東晉常璩《華陽國志・先賢士女總贊上》）

斯三人者，朕實嘉之。使四海億兆，皆能儀刑斯人，取法將來，**風移俗易**，教美化行，唐、虞、三代，誠可追配。（元本高明《琵琶記‧旌表》）

百舉百全 多端寡要

■ 釋　義　百舉百全：做一百件事，成功一百件。謂辦事萬無一失。

多端寡要：頭緒太多，不得要領。

【出處】夫智者審於量主，百舉百全，而功名可立也。袁公徒欲效周公之下士，而未知用人之機。多端寡要，好謀無決，欲與共濟天下大難，定霸王之業，難矣！（陳壽《三國志・魏志・郭嘉傳》）

■ 近義詞　百舉百全：萬無一失、百舉百捷

■ 故事背景

郭嘉認為有智慧的人應懂得投靠明主，才能立功揚名。他投靠曹操，並得到曹操重用。

潁川人郭嘉年少時已有遠大抱負，眼見漢末天下大亂，他二十歲時便隱姓埋名，暗中結交英雄豪傑，所以認識他的人不多。此前，他曾北行往見袁紹，瞭解過袁紹的器度後，他對袁紹的謀臣辛評和郭

圖說：「有智慧的人會謹慎審視自己的主人，這樣做起事來才會萬無一失，才可以立功揚名。袁公（袁紹）雖然想仿效周公的禮賢下士，但實際上他不懂用人之道。想法雖多但不知取捨，優柔寡斷，想和他一同拯救國家危難，建功立業，實在很難啊！」於是離袁紹而去。

建安元年（196 年），曹操其中一個重要謀士戲志才去世不久，曹操懷念戲志才，他

郭嘉

呢？」荀彧推薦了郭嘉。曹操徵召郭嘉，並與他談論天下大事。事後曹操說：「能使我成就大業的人，一定就是這個人了。」郭嘉也興奮地說：「這才是我的明主啊！」曹操上表朝廷，任命郭嘉為司空祭酒。

建安三年，曹操開始征伐呂布，經過三次交戰後打敗了呂布。呂布退兵固守城池。眼見士兵疲倦，曹操亦想撤軍，但郭嘉勸說曹操應乘勝攻擊，必能擊敗呂布。曹操同意，繼續猛攻呂布，隨即將呂布捉住。

寫信給荀彧：「自從志才去世後，就沒有能夠與我商討國事的人了。汝南、潁川本來多有能之士，有誰可以替代戲志才

歷代例句

魴生在江淮，長於時事，見其便利，**百舉百捷**。亦作「百舉百捷」（陳壽《三國志・吳志・周魴傳》）

聖人相時而動，**百舉百全**。（唐房玄齡《晉書・慕容德載記》）

直言正色

■ 釋　義　言語正直，儀容嚴肅。

【出處】每於公朝論議，常直言正色，退無私焉。（陳壽《三國志・魏志・國淵傳》）

■ 故事背景

國淵在朝廷上議論問題時，常疾言厲色，正直不阿。

國淵是漢學大師鄭玄的學生，東漢末年戰禍頻頻，他曾跟隨管寧和邴原避亂遼東。返回故鄉後，被曹操任命為司空掾。國淵每當議論政務時，都敢於說話，疾言厲色，正直無私，深得曹操器重。

建安元年（196 年），曹操推行屯田制，命國淵主理其事，國淵屢次提出應該增減的事項，測量土地，安置屯田民眾，按百姓數量而安排官吏，明確規定官家與屯田民眾間的分成方法，他都推行得法，五年間倉庫就儲滿糧食，百姓安居樂業。糧食充足亦壯大了曹操的軍事實力。

曹操出兵關中時，任國淵為居府長史，統管留守事宜。田銀、蘇伯在河間造反，失敗後，他們的餘黨本應全都處死，但國淵認為他們罪不至

死，請求曹操赦免他們。曹操聽從，國淵因而救了千多人的性命。國淵撰寫報捷文書時只實話實說，沒有誇大軍功，更令曹操欣賞他的誠實，升國淵為魏郡太守。

不久，有人寫匿名信進行誹謗，曹操大怒，想徹查寫信的人，但國淵認為只應暗中行事。國淵發現信裏有許多句子引用了東漢張衡的《二京賦》，於是召來郡內功曹說：「這裏本來是個大郡，現在還是首都，可惜有學問的人卻不多，請挑選一些年輕人，送他們去拜師學習。」功曹挑選了三個年輕人。國淵在三人臨走前接見他們，並對他們說：「你們雖然喜歡學習，但未有所成，《二京賦》是一本很有啟發性的書，可惜很多人都忽略了這本書，因而很少有這方面的老師，你們就訪尋能讀這賦的人，跟他們好好學習吧！」三人果然尋得此人，官吏請這人寫作手箋，然後比較手箋和匿名信的字跡，果然發現筆跡一樣。於是抓捕這人並詳加審問，終於弄清事情的來龍去脈。曹操很高興，並升國淵為太僕。

國淵雖位列九卿高位，但生活儉樸，俸祿都分給朋友和宗族，生活節儉，最後死於任內。

歷代例句

直言正色，論不隔諂。（明羅貫中《三國演義》）

淵清玉潔

■ 釋　義　比喻人品高尚。

【出處】淵清玉（潔），有禮有法，吾敬華子魚。（陳壽《三國志‧魏志‧陳矯傳》）

■ 故事背景

陳登敬重華歆品格高尚。

太守陳登請廣陵人陳矯擔任功曹，並派他往許都。臨行前陳登跟陳矯說：「許都很多人在議論我，似乎對我有點偏見，拜託你有機會的話幫我瞭解一下。回來告訴我並希望得到你的賜教。」陳矯從許都回來後對陳登說：「我聽到不少對你的議論，都說你驕傲自大。」陳登聽後大惑不解，他說：「論雍容莊重，德行高雅，我敬佩陳元方、陳湛兩兄弟；論人品清高得如水般清澈，像玉般清淨，行為有禮有法，我敬佩華子魚（華歆）；修身養性，疾惡如仇，有膽有識，我敬佩趙元達（趙昱）；說到學識淵博，才智超羣，我敬佩孔文舉（孔融）；論雄姿威武，以仁德服天下，雄才偉略，我則敬佩劉玄德（劉備）。我如此敬重這些人，那談得上我驕傲自大呢？至於一些平庸的

人，也值得一提嗎？」陳登雅量寬宏，他亦由衷地敬重和友愛陳矯。

孫權派兵圍困廣陵，陳登命陳矯向曹操求救。陳矯向曹操說道：「我們廣陵郡雖地域狹小，但地理上位處重要的位置，若能得到你的救援，令我們的郡成為你的外藩，那麼東吳的陰謀就不會得逞，徐州百姓就會得安寧，同時使你威名遠震，令還未順服的地方望風歸附。推崇仁德，樹立威望，是創建帝業的大事啊！」曹操聽後，覺得陳矯是個奇才，欲收為己用，但陳矯推辭說道：

「我的家鄉正處於危難中，我只是來告急求援，縱然我不能像楚國大夫申包胥般哭求得秦哀公出兵救楚（申包胥哭秦廷），又哪敢忘記衛國大臣弘演捨身救國的忠義呢？」曹操聽後答應陳矯派軍隊前往救援。吳軍聽到消息後全部撤走，陳登已在小路上設下許多埋伏，並親自領兵追殺，大破吳軍。

不久，曹操徵召陳矯為司空掾屬，此後，他備受曹操、曹丕和曹叡的器重，官至侍中光祿大夫，遷任司徒。景初元年（227 年）去世。兒子陳本繼承爵位。

閉門自守

■ **釋 義** 閉門不出，潔身自保。

【出處】閉門自守，非公事不出。(陳壽《三國志‧魏志‧邴原傳》)

■ **近義詞** 閉門不出

■ **故事背景**

邴原節操高尚，從不作無謂酬酢，非公事就不會出門。

北海人邴原年輕時已和管寧同樣以品德高尚為人所認識。黃巾賊作亂，邴原帶着家人逃到海上的郁洲島居住，後來遷往遼東郡。

邴原與同郡人劉政都有勇有謀，且英雄氣概。遼東太守公孫度欲殺害劉政，抓捕他家人時劉政卻逃脫。公孫度下令各縣：「若有藏匿劉政者與劉政同罪。」劉政投奔到邴原家，邴原讓他匿藏了一個多月，剛巧東萊郡人太史慈回鄉，邴原就拜托太史慈帶走劉政。他在事後對公孫度道出事情外，還說服了公孫度釋放劉政家人，邴原又出資幫助劉政的家人回鄉。邴原在遼東時，一年中總有數百家民眾追隨他，遊學的士人、傳授講學的聲音從不間斷。

後來邴原回到家鄉，曹

太史慈

操任他為司空掾。建安十三年（208 年），曹操兒子曹沖病逝，曹操以邴原女兒早已去世，欲將兩人合葬，但邴原以不符合禮教而拒絕。邴原說道：「我願意投靠明公（曹操）你，你以禮對待我，是因為我能堅持恪守禮教古訓，如果現在順從你意願，豈不變成庸俗之輩，明公你認為呢？」曹操才打消念頭，調任邴原代理丞相征事。東曹掾崔琰在記載賢臣事跡時就讚揚邴原的操守品行，清廉淡薄，貞忠果斷，一定能成大事，是國家棟樑。邴原代替涼茂任五官中郎將長史，他不作無謂酬酢，也從不接待客人，若沒有公事就不會出門。曹操南征東吳，邴原隨行，途中逝世。

歷代例句

朕若**閉門自守**，虜必縱兵大掠。（唐吳兢《貞觀政要‧征伐》）

自君之出，惟**閉門自守**，足未嘗履閾。（元元懷《拊掌錄》）

說道我軍到時，種諤只要**閉門自守**，都是王魁這廝設計出兵。（明王玉峰《焚香記‧雪恨》）

雲中白鶴

■ 釋　義　比喻人格高潔。

【出處】{太祖} 征 {吳}，{原} 從行，卒。注引《原別傳》：
「{邴君} 所謂雲中白鶴，非鶉鷃之網所能羅矣。」
（陳壽《三國志‧魏志‧邴原傳》）

■ 近義詞　雲中仙鶴

■ 故事背景

　　邴原離開遼東，公孫度有感於既然無法留得住他，就決定不追捕他，讓他返回家鄉。

　　邴原是北海國人，年輕時已經與管寧一樣以節操高尚而為人所認識。他十一歲時不幸喪父，因家貧而無法上學，一日路過書舍時一時感觸落淚，老師瞭解他的情況後免費讓他上學。邴原珍惜讀書機會，僅僅一個冬季，已能背誦《孝經》和《論語》。他長大後出外遊學，向不同的老師拜師求學，又廣交朋友。邴原喜歡喝酒，但遊學期間，他為免荒廢學業，滴酒不沾。

　　東漢末年，黃巾賊作亂，邴原與管寧、劉政等人遠走遼東避禍。遼東太守公孫度忌憚劉政，欲殺掉劉政和他的家人。劉政逃脫，公孫度遍告各縣，若有人窩藏劉政者斬。劉政被迫得急了，便投奔邴原家，邴原收留他，並協助他逃

離遼東。然後成功勸說公孫度釋放劉政的家人。

邴原在遼東時，一年中有數百民眾慕名而來跟隨他，遊學的士人在邴原家傳授講學的聲音從不斷絕。十多年後中原局勢稍定，邴原欲返回中原，但被公孫度阻止。邴原暗中逃離，公孫度在幾天後才發覺。公孫度知道不可能追回邴原，於是說道：「邴原性格高潔，猶如在天上飛翔的白鶴一樣，不是捕鶉鶉的網所能夠網羅他的。而且是我讓他回去的，不要再追他了。」邴原因而倖免於難。

邴原回到家鄉後，設壇講授禮樂，吟誦詩書，門徒達到數百人，潛心研究學問的也有數十人。

曹操征召邴原為司空掾。建安十三年（208 年），曹操愛子曹沖病逝，曹操想將曹沖與邴原已去世的女兒合葬，邴原以這樣做不合禮儀而推辭。建安十五年，曹操調任邴原為代理丞相征事。東曹掾崔琰在記載賢臣的奏摺時便曾寫道：「征事邴原、議郎張範，都品德高潔，忠誠正直，清廉淡泊足以激勵世俗，堅貞果斷，是做大事的國家棟梁。選拔並重用他們，將令不講仁德的小人遠遠躲開。」

邴原後來代替涼茂為五官中郎將長史，他常閉門謝客，沒有公事就不出門。曹操南征，邴原跟隨，途中去世。

族祖｛孝標｝與書稱之曰：「｛訏｝超超越俗，如半天朱霞。｛歊｝矯矯出塵，如雲中白鶴。」（唐李延壽《南史》）

公規密諫

■ 釋　義　多方勸諫。公，公開；密，私下。

【出處】時太子未定，而臨菑侯植有寵，階數陳文帝德優齒
長，宜為儲副，公規密諫，前後懇至。（陳壽《三
國志・魏志・桓階傳》）

■ 故事背景

桓階輔助曹丕登帝位。

桓階曾任郡守的功曹，獲長沙太守孫堅舉薦為孝廉，後獲朝廷任命為尚書郎。孫堅攻打劉表時戰死，桓階乞求劉表讓他領回孫堅的遺體。後來曹操與袁紹於官渡爭持，劉表率兵響應袁紹。桓階以袁紹出兵不符合道義，一定會失敗，曹操則是為挽救朝廷，奉皇命討伐有罪之人而起兵，符合大義，建議長沙太守張羨當曹操的內應。張羨聽從桓階建議，率兵抵抗劉表，又派使者前去拜見曹操，惜曹軍一直未能南下，劉表則加緊攻擊張羨。不久，張羨病死，劉表攻陷長沙，桓階躲起來避禍。

曹操平定荊州後，聽說桓階曾替張羨獻策，驚異他的見識，徵召桓階為丞相掾主簿，又升他為趙郡太守。建安十八年（213 年），魏國建立，桓階任虎賁郎將侍中，當時太子未

定，桓階多次向曹操稱讚曹丕的品德和年齡最長，應當立為太子，無論是公開勸諫抑或私下規勸，都態度懇切。

建安二十四年，曹仁於樊城被關羽圍困，曹操派徐晃往營救但未成功，曹操欲親自南征，問下屬意見，眾多下屬都認為應立即前往救援，否則戰局便會失敗，獨桓階力排眾議，認為曹仁等雖被圍困，但決心守城抗敵，是因為丞相在遠方聲援。既然軍中有拼死一戰之心，外則有有力救援，加上丞相穩住朝廷兵馬顯示實力，根本毋需擔心。曹操認為桓階說得有理，便把兵馬駐扎在摩坡。敵賊不久退走。

曹丕登帝位後，任桓階為尚書令，封高鄉亭侯，加官侍中。桓階生病，曹丕親自往探病，並改封他為安樂鄉侯，賜食邑六百戶，又賜桓階三個兒子為關內侯。後來桓階病重，曹丕派使者到桓階住處，任桓階為太常。桓階去世，曹丕更傷心流淚，賜諡號為貞侯。其兒子桓嘉繼承爵位。桓嘉後來與吳國交戰時陣亡，他的兒子桓翊繼承爵位。

無地自厝

■ 釋　義　猶無地自容。形容非常羞愧。

【出處】夙宵戰怖，無地自厝。（陳壽《三國志·魏志·管寧傳》）

■ 近義詞　無地自容、無地自處

■ 故事背景

管寧一再婉拒曹魏的徵召，堅決過隱居生活。

管寧是北海人，與華歆和邴原份屬好友，曾一起到其他地方求學。天下大亂時，他與邴原、王烈等人往遼東避難。

黃初四年（223 年），曹丕下詔讓大臣舉薦有才德之士，華歆推薦了管寧，曹丕徵召管寧為太中大夫。管寧帶同家眷回到北海，不過沒有接受任命。曹叡繼位，改元太和（227年），太尉華歆欲讓位予管寧，曹叡下詔：「太中大夫管寧品格高尚，精通六藝（禮、樂、射、御、書、數），清靜無為，為世所稱頌。過去曾因王道衰落，一度渡海隱居。如今大魏順應天命，管寧亦攜妻帶子回來，這正好符合潛龍在淵，聖賢入世出世的大義。然而，先帝曾徵召多次，管寧都稱病辭謝，難道朝廷政事有違你的志趣，你將要在山林中安

管寧

逸享樂，一去不復返嗎？聖賢周公尚且擔憂有德之人不肯依附，令國家難以和睦；賢明如秦穆公，仍虛心向黃髮老人請教。何況我德行淺薄，又怎會不願向士子大夫求教治國的道理呢？現在任命管寧為光祿勳。倫常之禮、君臣之道不可廢棄，你務必前來，以慰我心。」曹叡又命令各州郡官員接到詔書後，按禮節提供小車、隨從、坐褥和食物，沿途護送，上路前先向他報告。

不過管寧仍是上疏婉拒：「微臣只是個草莽之夫，居於海邊，不事農耕，又不是保家衛國的軍人，卻有幸享受優厚俸祿。陛下繼承大業，德行可比三皇，教化超越唐堯。微臣已蒙受皇恩十二年，卻不能報答陛下大恩。微臣身患重病，時日無多，違背服從於君主的職責，令我晝夜驚恐，慚愧得無地自容。」管寧在奏疏中感謝曹叡的隆情厚愛，但強調自己德行淺薄，加上染病多年，病情日益嚴重，不能乘車上路，一盡為臣的責任。求曹叡收回聖命，任由他流放在外，以免他客死在進京的途中。

及後徵召管寧的詔書仍不斷，曹叡並派人打探管寧是否裝病。監視的人回報，管寧生活如常，估計他不願加入仕途的原因是安於多年的隱居生活，只是想保持自己的志向，不是故意顯示清高。

正始二年（241 年），曹芳再徵召管寧，朝廷還安排小車前往迎接管寧。不過管寧剛去世，終年八十四歲。

隨世沉浮

【出處】「問巴消息，稱曰劉君子初，甚敬重焉。」裴松之注引《零陵先賢傳》：「若令子初隨世沉浮，容悅玄德，交非其人，何足稱為高士乎？」(陳壽《三國志・蜀志・劉巴傳》)

■ 近義詞　隨波逐流
■ 反義詞　卓爾獨行

■ 故事背景

劉巴性格剛直，絕不隨波逐流。

劉巴年少時已有名氣，荊州牧劉表多次徵召他，甚至舉薦他為茂才，他都沒有答允。建安十三年（208 年），劉表逝世後不久，曹操攻伐荊州。劉備南逃長江南部，荊、楚一帶眾多士人跟隨劉備者眾，劉巴卻北上投靠曹操，曹操任他為丞相府掾屬，派他往長沙、零陵和桂陽三郡招降。剛好劉備攻佔這三郡，劉巴無法回去交差，便逃往交阯郡。期間他寫信給諸葛亮，形容交阯人樂天知命，自給自足。他寧願將生命託付給大海，也不願意回荊州了。諸葛亮則邀請他投靠劉備。

劉巴回到蜀，不久劉備平定益州，劉巴向劉備請罪，劉備沒有責怪他。建安二十四年（219 年），劉備稱漢中王，任命劉巴為尚書，後接替法正為

尚書令。劉巴生活節儉，為官清廉，不置辦產業。由於他考慮到並非一開始便歸附劉備，怕受到猜疑，所以對人恭敬寡言，退朝後便不和人有任可私人交往，如非公事，絕不發表自己的意見。劉備稱帝時，昭告皇天上帝後土神祇的文誥策命，都是出自劉巴的手。

彰武二年（222 年），劉巴去世。魏國尚書僕射陳群寫信給諸葛亮，打聽劉巴的消息。

稱他為「劉君子初」，非常敬重劉巴。

吳國將軍張昭曾對孫權談論劉巴的事，當時張昭曾認為劉巴因嫌棄張飛只是一介老粗而不予接待，做法過分，他批評劉巴心胸狹窄，但孫權說：「如果讓劉巴隨波逐流，曲意逢迎來取悅劉備，結交不該結交的人，又怎能夠稱得上是性格高潔的賢士呢？」

孜孜不倦

■ 釋　義　勤奮努力，不知疲倦。

【出處】自去長史，優遊無事垂三十年。乃更潛心典籍，孜孜不倦。年踰八十，猶手自校書。（陳壽《三國志‧蜀志‧向朗傳》）

■ 近義詞　孜孜無倦、孳孳不倦
■ 反義詞　無所事事

■ 故事背景

向朗勤奮好學，年過八十，仍學習不倦。

向朗是襄陽郡人，年少時曾拜師司馬徽，故與徐庶、韓嵩和龐統等人結成好友。

荊州劉表曾任命他為縣長，劉表去世後，他改而追隨劉備。劉備平定長江以南各郡後，派向朗統領秭歸、夷道、巫和夷陵四個縣的軍政事務。蜀地平定後，他先後擔任巴西、

牂牁和房陵太守。劉禪即位後，向朗任步兵校尉並代替王連兼任丞相府長史。丞相諸葛亮南征，向朗負責打理後方事務。

建興五年（227年），向朗跟隨諸葛亮進駐漢中，馬謖在街亭戰敗逃走，向朗因與馬謖友好而知情不報，諸葛亮一怒之下免去向朗官職，命向朗返回成都。幾年後復職為光祿勳。諸葛亮去世後，朝廷追念他的功績而封他為顯明亭侯，賜位特進。

向朗雖曾師事司馬徽，不過其實沒有做學問的工夫，更沒有培養檢樸的美德，一心以為只要當官便會得到世人稱讚，但自從被免職後，即使後來復職，也一直被投閒置散，於是他開始專心研習經典，從不懈怠。即使年過八十，他仍親自校訂書籍，指出謬誤之處，他收藏經書之多，在當時是首屈一指。他招待客人，鼓勵後輩時，也只談經論典，不涉及時政，因而得到當時的人稱讚，上自朝中大臣，下至少年兒童，都很敬重他。

延熙十年（247年），向朗去世。臨終時，他都不忘告誡兒子，君臣和諧才能使國家安定太平，家人和睦做事才能成功，貧困不是一個人應擔憂害怕的事，只有和諧相處才是最可貴的，要兒子好好學習。

歷代例句

出除岐州刺史，津巨細躬親，**孜孜不倦**。（唐李延壽《北史》）

竊以化化無窮，遞成遷染；**孜孜不倦**，方導沉淪。（唐司空圖《為東都敬愛寺刻律疏》）

一個人在洋油燈下，**孜孜不倦**地看筆記本。（近代周而復《白求恩大夫》）

甄奇錄異

■ 釋　義　謂選拔錄用優秀的人才。

【出處】騭於是條於時事業在荊州界者，諸葛瑾……李肅、周條、石幹十一人，甄別行狀。裴松之注引三國吳韋昭《吳書》：〔李肅〕善論議，臧否得中，甄奇錄異，薦述後進，題目品藻，曲有條貫，眾以此服之。（陳壽《三國志·吳志·步騭傳》）

■ 故事背景

吳國太子孫登請步騭為他選拔有賢德的人才。

東漢末年，天下大亂，步騭從家鄉避難到江東，日間靠種瓜維生，晚間則誦讀經書，研習治國之道。他為人寬容儒雅，性格沉穩，為當時的英才俊傑。

孫權被曹操表薦為討虜將軍後，徵召步騭輔助。步騭為孫權屢立戰功，先後平定交州、益陽、零陵和桂陽等州郡。

孫權立吳國稱帝，改元黃龍（229 年）步騭獲任命為驃騎將軍。當時太子孫登駐守武昌，孫登性情和善，待人以禮，樂於行善，他寫信請步騭為他挑選賢能君子，以便助他興隆教化，治理政務。步騭於是把當時在荊州一帶的官員如諸葛瑾、陸遜、朱然、程普、潘濬、裴玄、夏侯承、衛旌、

李肅、周條和石幹十一人列出來，並逐一分析他們的品行才能。步騭並上書鼓勵孫登，如果能夠信任和重用這些人才，是天下之福。

在這批人中，李肅年少時已經以才華傑出而為人所認識，他善於評價人和事，而且褒貶恰當，辨別和選拔優秀人才，舉薦後輩，對這些人才的評價和定性都有條有理，因而深得眾人佩服。孫權提拔李肅為選曹尚書，選拔和舉薦人才得當，故被譽為「得才」，即獲得賢才的意思。李肅曾向孫權請求外出補任官吏，他任桂陽太守時，當地官吏對他亦心悅誠服。

顧名思義

■ 釋　義　見到名稱而思及其含義。

【出處】欲使汝曹立身行己，遵儒者之教，履道家之言，故以玄默沖虛為名，欲使汝曹顧名思義，不敢違越也。（陳壽《三國志・魏志・王昶傳》）

■ 近義詞 望文生義、循名責實
■ 反義詞 斷章取義

■ 故事背景

王昶為侄兒和兒子起名字時，選用了有警世作用的名字，希望他們謙虛誠實，言行符合禮教。

王昶是太原郡人，少年時已在當地很有名氣。曹丕還是太子時，王昶為太子文學官，又任中庶子。曹丕即位，改任王昶為散騎侍郎，調任洛陽典農。曹叡即位後加任楊烈將軍，賜爵關內侯。王昶雖然在地方當官，但關心朝廷政治。他認為曹魏沿襲了很多秦漢的弊政，必須徹底改革。青龍年間，他撰寫了《治論》，向朝廷提議有那些古代制度適用於今日。又撰寫《兵書》，闡述用兵之道。

王昶為兄長的兒子和自己的兒子取名時，都選用與謙虛和誠實有關的文字，他為侄兒取名為王默，字處靜、王沈，字處道，自己的兒子王渾，字玄沖、王琛，字道沖，以表達

他對子侄的期望。

　　王昶並寫信告誡他們：「為子之道，最重要的是有實際本領、良好品行和讓父母也感到光榮。所有行為中，孝敬仁義是最重要的。孝敬長輩，則宗族和諧，講究仁義則鄰里和睦。常言道『知足常樂』，鑑古閱今，從未見過貪得無厭，爭名逐利，結黨營私者可以永保家業，永享福祿的。希望你們律己以嚴，遵從儒家教誨，信奉道家的思想，所以我給你們起名時時選用了玄、默、沖、虛，就是要你們看到自己的名字就想起箇中含義，萬萬不可違背。古人都在圓盤和方盂刻上銘文，在桌上和手杖上刻有訓戒，就是要時時刻刻都看到，以警醒自己不可越軌，更何況已成為自己的名字，你們更要時刻緊記。

　　欲速則不達，因此有才德的人不會貪求捷徑，不會自吹自擂，他們不是禮讓他人，只是以屈為伸，以謙讓為美德。毀壞他人名譽是做壞事的開端，也是招致災禍的禍端，所以聖人一言一行都特別小心謹慎。

　　若有人批評自己，應好好自我檢討，若真有其事，別人的批評便合理，即使是詆毀，也不要怨恨別人而出惡言，要制止別人詆毀的最好方法就是好好修養自己。緊記遠離搬弄是非、奸佞小人。世途險惡，一定要謹言慎行。」

{桓南郡}（{玄}）與{道曜}講《老子》，{王}侍中（{禎之}）為主簿，在坐。{桓}曰：「{王}主簿可顧名思義。」注：「{老子}明道，{禎之}字{思道}，故曰顧名思義。」

（南朝宋劉義慶等《世說新語》）

桂花蟬顧名思義，想是香味如桂花，或因桂花開時乃有，未詳。（近代魯迅《兩地書》）

高才遠識

■ 釋　義　才能高超，見識深遠。

【出處】「清醇有鑒識。」裴松之注引三國魏周斐《汝南先賢傳》:「召陵謝子微，高才遠識。」(陳壽《三國志‧魏志‧和洽傳》)

■ 近義詞　高才卓識
■ 反義詞　短見拙識

■ 故事背景

　　東漢時期社會流行一股風氣，喜歡品評人物，而且出現一些以品評時人而為人所認識的名士，在社會上有很大影響力。許劭便是其中一位人物評論家，經他品評提拔的人大都品行端正，成就非凡。

　　東漢名士謝子微是一位有才華而且見識深遠的人，當他見到年僅十八歲的許劭時，即驚歎道:「這人是當今世上難得的人才，他才華出眾，將是個功績卓著，受人尊敬的人。」

　　汝南人許劭是東漢末年一位善於品評人才的人。經他發掘出來的人，如在市場賣頭巾的商販樊子昭、牧童虞永賢、居於鄉間的李淑才、馬車夫郭子瑜，以至楊孝祖、和洽，他們六人都是備受讚譽的有賢德的人。例如和洽，在魏明帝曹叡時官至太常。即便一些平凡之輩，一經許劭品評都有機會成名。經他提拔、彰顯成就

的人可謂多不勝數。不過，一些徒具虛名的小人亦難逃他法眼。

東漢末年，朝綱敗壞，有德行的人都被殘害或流放，這些人都冒名求見，希望得到許劭的提點。

許劭雖然善於評人，自己卻淡薄名利，他曾多次被推舉為官，都不肯接受任命，後來遠走江南避難，所經之處，都成為名士聚集的地方。許邵最後定居南昌，逝世時只有四十六歲。他的兒子許混性格高潔，後來成為魏國名臣，明帝時官至尚書。

■ 延伸閱讀

「月旦評」

東漢後期在鄉里，有專任的名士，主持清議，臧否人物，品題高低，影響很大。其中最有名的人物評論家是郭泰和許邵。《後漢書・許邵傳》：「天下言拔士者咸推許、郭」，可見許邵聲名之大。許邵並且與從兄許靖「俱有高名，好共核論鄉黨人物，每月輒更其品題，故汝南俗有月旦評焉。」我們說好批評人，是「月旦」人物，這用詞就出於此處。

歷代例句

（上官昭容）果是**高才卓識**，即沈宋二人，尚且服其公明，何況臣等。亦作「**高才卓識**」（清褚人獲《隋唐演義》）

我最先所認識的律師，都是有**高才卓識**的，他們都是從西洋法政大學畢業回來的。（近代包天笑《釧影樓回憶錄續編・護花律師》）

管寧割席

■ 釋　義　不與非志同道合者為友,比喻朋友
　　　　　絕交。

【出處】管寧、華歆嘗同席讀書,有乘軒冕過門者,寧讀如
　　　故,歆廢書出看,寧割席分坐曰:「子非吾友也。」
　　　(南朝宋劉義慶等《世說新語》)

■ 故事背景

**管寧以華歆與自己性格
和志向都不同,與華歆割席
絕交。**

管寧為東漢末年一位德行
卓絕的隱士,一生淡薄名利,
曹操父子一再徵用他為官都推
辭不就。華歆在魏國則官運亨
通,官至太尉。

兩人年輕時本來是好朋
友,曾一起到其他地方求學,
讀書時常常坐在同一排座位,
感情要好。

有一次,兩人在園中鋤
地,管寧忽然鋤到一塊黃金,
管寧不為所動,把它當做磚瓦
石塊一樣,用鋤頭一撥就把它
撥開。華歆也見到和聽到聲
音,雖然明知道這東西不應該
拿,但仍忍不住拿起來看看才
扔掉。

又有一次,兩人坐在同
一席上讀書,門外大街有達官
貴人乘着華麗的馬車經過,
引得途人歡呼喝采。管寧充

耳不聞，繼續認真的看書。華歆卻放下書本，跑到門口觀看湊熱鬧，對官員的排場羨慕不已。車馬過去之後，華歆回到屋裏。管寧眼見華歆不專心讀書，貪慕虛榮富貴，於是拿了一把刀子，將兩人同坐的席子從中間割開，說：「你不是我的朋友！」決定與華歆絕交。

兩人雖然性格各異，但華歆沒有忘記與管寧的情誼，而且非常欣賞管寧的德行才華。華歆一生官運亨通，日後得到曹操、曹丕和曹叡祖孫三代器重，官至司徒、太尉，他曾屢次向曹丕和曹叡推薦管寧，曹丕和曹叡也下詔任命管寧，但管寧始終志不在功名利祿而一再推辭，繼續過他不慕名利，淡泊自甘的隱士生活。

■ 延伸閱讀

管寧避世遼東，隨讀學生數百人，成為一代名師，屢獲徵召而不為所求。華歆生平功業顯赫，有學問和能力，也曾以道德文章為人所頌。一直受曹氏三代重用。歆亦能不計前嫌，推薦管寧出仕。但到底與管性情志向不同，更道德有虧，最為人所咎是誅殺獻帝皇后。

蔡屣延才

[注音屣：徙]

■ 釋　義　形容求才若渴。

【出處】聞粲在門，倒屣迎之。（陳壽《三國志・魏志・王粲傳》）

■ 故事背景

蔡邕仰慕王粲才華，以禮相迎。

王粲博學多才，是漢魏時代的著名文學家。王粲為名門之後，曾祖父和祖父在漢朝為官，均位列三公，父親王謙亦曾當外戚何進的長史。漢獻帝西遷長安時，王粲亦移居長安。

當時，東漢左中郎將蔡邕的才學名滿天下，得到滿朝敬重外，他家的門前也經常車馬盈巷，許多賓客拜訪他。有一次，王粲往拜訪蔡邕，蔡邕一聽到王粲在門外求見，興奮得連鞋也穿倒了，就趕忙出來迎接。蔡邕迎接王粲到府內時，由於王粲年少，又身材矮小，滿屋的人都對蔡邕的反應感到驚訝，但蔡邕說：「他就是王司空（王粲祖父王暢）的孫子，才華蓋世，我比不上他，我家裏收藏的書籍文章都應該全部送給他。」

蔡邕

蔡文姬

王粲十七歲時，已被皇帝徵召入朝為官，但因長安混亂而沒有赴任。他改往荊州投靠劉表，但劉表見他其貌不揚而沒有看重他。劉表死後，兒子劉琮繼位，王粲勸劉琮歸順曹操。王粲博學強記，對所問的問題，他都能答得上來。他深得曹操器重，魏國建立後，他被任命為侍中。當時舊有禮制敗壞，需要重新制定，王粲長期主理此任務。

■ 延伸閱讀

蔡邕是漢末的大學者，王粲是漢末三國著名的文學家。蔡邕以重視人才而著稱，年輕的王粲，得蔡邕的如許重視和揄揚，而王粲亦不負蔡邕賞識，成為一代文學家。蔡邕藏書萬卷，載數車以送王粲。後王粲兩子為曹丕所殺，藏書歸王粲姪孫王業。蔡邕有女就是戲曲和歷代畫像主角「文姬歸漢」蔡文姬。蔡文姬是漢末三國的著名文學家。

伏遇留守侍郎，燕金募秀，蔡屣延才。鐸宣百世之文，
旌集四方之善。遠者近者，鼓之舞之。（北宋范仲淹《上張
侍郎啟》）

拔十得五

■ 釋　義　想選拔十個人，但只有五人是可造之材。形容選拔人才不容易。

【出處】後郡命為功曹，性好人倫，勤於長養，每所稱述，多過其才，時人怪而問之。統答曰：當今天下大亂，雅道陵遲，善人少而惡人多；方欲興風俗，長道業，不美其譚，即聲名不足慕企，不足慕企，而為善者少矣；今拔十失五，猶得其半，而可以崇邁世教，使有志者自勵，不亦可乎？（陳壽《三國志·蜀書·龐統傳》）

■ 故事背景

龐統是三國時知名的謀士，司馬徽形容他才華可與諸葛亮匹敵。

龐統年少時已得到名士叔父龐德公的賞識，認為他絕非尋常之輩。及至年齡稍長，有一次，他往拜訪名士司馬徽，據悉兩人有長達一天之交談，可見其投契。司馬徽稱讚他才智過人，非同凡響。

建安十四年（209 年），

周瑜戰勝曹仁，佔領南郡，龐統在周瑜南郡太守門下當上功曹。龐統和許多當時的名士一樣，喜歡評論他人的品德高下，亦樂於扶掖後進，然而他所稱讚的人，不少都是言過其實，許多人都感到奇怪，問他箇中緣故。龐統答道：「當今天下大亂，社會風氣敗壞，好人少而壞人多，要重整道德風氣，若不把值得讚譽的人講得更完美，他們的名聲就不會為他人所仰慕，如果沒有人敬

佩，則做好事的人便會更少。現在我誇獎的十個人中，即使有五人過於誇大，還有一半是好的。他們可以鼓舞人心，使有志做好事的人自我鼓勵，不也是很好嗎？」

周瑜去世，龐統投奔荊州跟隨劉備，與諸葛亮一同扶助劉備共謀大業。

■ 延伸閱讀

龐統「拔十得五」的說法，可以見他欲轉移社會風氣的用心。人才難求，賢人少，不肖者多，歷史和社會皆然。這是一種激勵的態度，似亦合乎現代教育以激勵代替懲罰的觀念。東漢年青人流行同道結交，互相激勵，豈非「三人行必有我師焉」的一種信念。

歷代例句

夫吏部尚書、侍郎，以賢而授者也，豈不能知人？如知之難，**拔十得五**，斯可矣。（北宋歐陽修等《新唐書》）

謂**拔十得五**而可得其半，故匿瑕含垢而以求其長致。（北宋陳師道《謝胡運使啟》）

太宗即位，思振淹滯，謂侍臣曰：「朕欲博求俊彥於科場中，非敢望**拔十得五**，止得一二，亦可為致治之具矣。」（元脫脫等《宋史》）

無施不效

■ 釋　義　謂施行的每項策略都收效。

【出處】「表封彧為萬歲亭侯。」裴松之注引《荀彧別傳》：「（臣）與彧戮力同心，左右王略，發言授策，無施不效。」（陳壽《三國志·魏志·荀彧傳》）

■ 故事背景

曹操讚揚荀彧所提出的策略都有用可行，表現突出。

荀彧本為袁紹舊臣，但有感於袁紹難成大器，於是改為跟隨曹操，並成為曹操的重要謀士，多次令曹操戰勝敵人，例如平定張邈和陳宮的叛變、擒殺呂布，剿滅袁紹勢力等。建安九年（204 年），曹操上奏獻帝，請封荀彧為萬歲亭侯。他在表章上說：「臣聽說，評定功過，謀劃策略應居於首位，野戰的功勞不會高過在朝廷上出謀獻策，戰功也不會超越治理國家的功勳，因此周公的詔命不下於姜子牙；蕭何的封地多於曹參。由古至今，好的謀略和重要的計策一直都為人所尊崇。荀彧品德端正，從小到大從未犯錯，他身逢亂世但仍忠心為國，竭力維護國家安定。臣自舉義兵以來，到處征戰，與荀彧同心合力，他提出的策略，都能實施奏效。荀

或的功業，正是臣成就大事的原因，他的貢獻，猶如撥開浮雲，照出日月光輝。陛下建都許昌，荀彧掌管機密，忠誠恭敬，盡忠職守，如履薄冰，事事親力親為。天下平定，實在是荀彧的功勞。應該給他賜爵加官，以彰顯他的首功。」荀彧看到這表章時，一度拒絕為曹操呈上給獻帝，於是曹操寫信給荀彧，指出自己能建立朝廷，都是荀彧為他出謀獻策，給他舉薦人才，勸荀彧不要推辭，荀彧才接受。

荀彧一度成為曹操的第一謀士，不過，後來因反對董昭等人推舉曹操為魏公，令曹操懷恨，荀彧最後鬱鬱以終。

■ 延伸閱讀

作為領袖，曹操一大特點是獎勵有貢獻的下屬，所以能得人死命。如荀攸、郭嘉等。但曹一生最為歷史詬病的，是對阻撓自己權位意志的人，不管功勞多大，也除之不惜，如毛玠、崔琰等。所以如《三國演義》等作品塑造曹操為奸雄的形象，未始無因。

同心一意

■ 釋　義　心志一致。

【出處】肅請得奉命弔表二子……及説備使撫表眾，同心一意，共治曹操。（陳壽《三國志・吳志・魯肅傳》）

■ 近義詞　一心一意、同心同德
■ 反義詞　離心離德

■ 故事背景

建安十三年（208 年），劉表逝世，魯肅代吳國弔祭並遊說劉備，與孫權聯合抗曹。

魯肅為人疏財仗義，經常變賣家財幫助貧困。周瑜任居巢縣縣長時，曾率領數百人拜訪魯肅，請求魯肅捐助糧食，魯肅一口答應便捐出一個糧倉的糧食，令周瑜對他另眼相看，兩人並結成好友。周瑜率兵渡長江時，魯肅也跟隨左右。

後來，周瑜向孫權推薦魯肅，孫權立即接見，兩人討論天下局勢。魯肅建議孫權佔據長江以南的全部地方，然後稱帝，繼而奪取天下。孫權聽罷，以自己只希望輔助漢室而沒有接納建議。

劉表去世後，魯肅再勸孫權：「荊楚之地與吳國接鄰，順流而往可直達北方，對外有長江、漢水圍繞，對內有山陵天險作屏障，猶如金城般鞏

固，而且土地肥沃，如果佔有這戰略陣地，就是成就帝業的資本。如今劉表剛亡，他兩個兒子內訌，將領分成兩派，本來歸附劉表的劉備素與曹操有嫌隙。如果劉備與劉表的兒子聯合起來，我們便應與他們結盟；如果他們各懷鬼胎，我們就應另作打算。請讓我代表吳國前往荊州弔祭，慰勞他們的將領，並勸說劉備安撫劉表的部下，團結一致，一同對付曹操，劉備一定會樂於從命。如果成事的話，天下大事就可以平定了。事不宜遲，要立即進行，以免被曹操搶佔先機。」

孫權立即派魯肅前往，他未到荊州，聽說劉表兒子劉琮已投降曹操，劉備逃離了荊州，準備南渡長江，魯肅便改往長阪坡與劉備會面。他向劉備詳細轉述孫權的意圖，並勸說劉備與孫權合作。劉備聽後大為興奮。這時諸葛亮正追隨劉備，魯肅跟諸葛亮說：「我是子瑜（諸葛亮胞兄諸葛瑾）好友。」兩人當即結成朋友。劉備於是進駐夏口，魯肅便回吳國覆命。

■ 延伸閱讀

跟《三國演義》情節不同，真實歷史赤壁之戰倡議孫劉合作的最初推動者是魯肅，其次是諸葛亮和周瑜。魯肅也是為孫權改變了張紘為孫策制定的孫吳發展策略的人物。與諸葛亮一樣，始終是出色的策略家和軍事家，胸懷大略，慷慨俠義，是一位英雄式的人物，並不是《三國演義》描述的形象，是有些糊塗的老好人。

因說劉備使撫劉表，眾將**同心一意**，共破曹操；備若喜
而從命，則大事可成矣。"（明羅貫中《三國演義》）

飲醇自醉

■ 釋　義　比喻以寬厚待人，令人心服。

【出處】「惟與程普不睦。」注引《江表傳》：「{普} 頗以年長，數陵侮 {瑜}。{瑜} 折節容下，終不與校。{普} 後自敬服而親重之，乃告人曰：『與 {周公瑾}交，若飲醇醪，不覺自醉。』」(陳壽《三國志‧吳志‧周瑜傳》)

■ 故事背景

程普是孫權父親孫堅時的名將，常恃老賣老欺負周瑜，周瑜始終不與計較，程普被感動，愈來愈敬佩周瑜。

周瑜與孫策交情深厚，孫策死後，周瑜便輔助孫權成就帝業。孫權的將領當中，許多都是皇親國戚或是孫堅、孫策時的舊部下，其中年歲最長的程普更被尊稱為程公，程普眼見年輕的周瑜深得孫權器重，又受同僚歡迎，心生不滿，故常恃老賣老，借意欺負周瑜，不過性格開朗的周瑜始終沒有與他計較。隨著對周瑜的認識日深，程普終於被周瑜的寬宏大量感動，對周瑜愈加敬重，他更對人說：「與周瑜交往，猶如嘗美酒一樣，不知不覺間就陶醉其中了。」

曹操有意拉攏周瑜歸順，委派與周瑜有交情而且有辯才的蔣幹當說客。蔣幹特地打扮成一般士人模樣往訪周瑜。蔣

幹假意說是來聚舊，並希望能觀賞周瑜高雅的音樂造詣。周瑜心裏有數，特地請蔣幹多留幾天，讓蔣幹看他如何得到孫權的禮待。

蔣幹知難而退，終究沒有進行遊說。蔣幹回去後，跟曹操說周瑜的氣度寬宏大量，性情高雅，絕不是用言語可以離間周瑜和孫權之間的情誼的。

赤壁之戰後，劉備、曹操都曾向孫權進言，希望令孫權猜疑周瑜，但孫權都不為所動。建安十五年，周瑜去世，孫權流着淚說：「周瑜有輔助君王成就王業的才幹，現在他天亡早逝，我還可以依靠誰啊！」後來孫權稱帝，又對公卿大臣說：「如果當初沒有周瑜，我今天就不可能當上皇帝了。」

■ 延伸閱讀

周瑜的形象，在《三國演義》和根據《三國演義》的各戲曲中，雖然對孫吳忠心耿耿，卻是一個氣量狹猛的人，屢為諸葛亮所折。其實，歷史上的周瑜，是一位有戰略眼光的將帥，孫策之崛起，孫權之發展，周瑜的功勞最大。最難得是從無異心，而且氣量恢弘，為人雅致，是一位文武雙全的三國英雄人物。宋朝蘇軾在《赤壁懷古》一賦中，就稱頌他是「雄姿英發，羽扇綸巾，談笑間，檣櫓灰飛煙滅」的「千古風流人物」。

雅量高致

【出處】「惟與程普不睦。」裴松之注引晉虞溥《江表傳》：「幹（蔣幹）還，稱瑜雅量高致，非言辭所閒。（陳壽《三國志・吳志・周瑜傳》）

■ 反義詞　粗鄙不堪

■ 故事背景

周瑜寬宏大量，有知識涵養，不會與欺負他的人計較，也不會輕易受人離間。

周瑜與孫策交情深厚，孫策死後，周瑜便輔助孫權成就帝業。孫權的將領當中，許多都是皇親國戚或是孫堅、孫策時的舊部下，其中年歲最長的程普眼見年輕的周瑜深得孫權器重，又受同僚歡迎，故常恃老賣老，借意欺負周瑜，不過性格開朗的周瑜始終沒有與他

計較。後來，程普終於被周瑜的寬宏大量感動，對周瑜愈加敬重，他更對人說：「與周瑜交往，猶如嘗美酒一樣，不知不覺間就陶醉其中了。」

周瑜不僅待人寬厚，終其一生，矢志不渝，忠心耿耿，扶持孫權。曹操有意拉攏周瑜歸順，委派與周瑜有交情而且有辯才的蔣幹當說客。蔣幹特地打扮成一般士人模樣往訪周瑜。蔣幹假意說是來聚舊，並希望能觀賞周瑜高雅的音樂造詣。周瑜心裏有數，請蔣幹多

留幾天，待他處理完機密事務後，再與他詳談。

三日後，周瑜請蔣幹到軍營參觀營內物資和設宴招待，並向蔣幹一一展示孫權賞賜的隨從、服飾和珍貴的寶物。周瑜對蔣幹明言：「大丈夫有幸遇到這樣的明主，對外是君臣，對內則情如骨肉。不僅對我的說話言聽計從，還願意同甘共苦，即使蘇秦、張儀再世，酈食其*復出來勸我，我都會一一拒絕，何況是你這年輕人呢？」蔣幹知難而退，終究沒有游說周瑜歸順曹操。

赤壁之戰後，劉備、曹操都曾惑言孫權，令孫權猜疑周瑜，但孫權不為所動。建安十五年，周瑜去世，孫權流着淚說：「周瑜有輔助君王成就王業的才幹，現在他夭亡早逝，我還可以依靠誰啊！？」後來孫權稱帝，又對公卿大臣說：「如果當初沒有周瑜，我今天就不可能當上皇帝了。」

■ 延伸閱讀

世人眼中的周瑜，氣量偏狹，是受《三國演義》及其後流傳戲曲的影響。《三國演義》之類為造就「一時瑜亮」的瑜不如亮，而有此造形。歷史上的周瑜性情氣量，剛好相反。他之交接孫策，掖扶孫權，禮重魯肅，折節程普，等等事跡，都可見周瑜的氣量恢弘。孫吳的崛起，江東之多士，與周瑜能雅量集才有關。周瑜「少精音樂，雖三爵之後，有闕誤，瑜必知，知必顧。時人謠曰：『曲有誤，周郎顧』。」可見周瑜儒雅的一面，再有小喬初嫁了的韻事，在純文學作品中，周瑜另有一種儒將風流的形象。

* 約 200 至 208 年左右

負重致遠

■ 釋　義　喻能肩負重大責任。

【出處】統曰：「{陸子}可謂駑馬有逸足之力，{顧子}可謂
駑牛能負重致遠也。」（陳壽《三國志・蜀志・龐
統傳》）

■ 近義詞　任重道遠

■ 故事背景

**龐統喜歡品評人才，稱讚
顧劭能擔當重任。**

龐德公是東漢末年名士，
與司馬徽、諸葛亮和徐庶等為
好友，他稱許司馬徽為「水鏡
先生」，諸葛亮為「臥龍」，而
侄兒龐統為「鳳雛」。

龐統性格樸實純厚，年少
時沒有太多人留意他，只有龐
德公賞識他。龐統二十歲時，
龐德公派他拜訪司馬徽。當

時司馬徽正在樹上採桑葉，
便叫龐統坐在樹下，兩人從白
天談到晚上，司馬徽非常欣賞
龐統的才華，稱許龐統為南郡
士人中最出色的人，龐統逐漸
為人所認識，後獲任命為南郡
功曹。

龐統也喜歡評論人物，
往往喜歡誇大其詞。曾有人奇
怪他為何這樣做，龐統解釋，
如今天下大亂，世風日下，
做好事的人越來越少，如果不
把值得讚揚的人再說得完美

151

一點，就難以鼓勵他人也做好事，社會上的好人便更少。他說：「如果我讚揚十個人，即便有五個其實不符合標準，也還有五個是真正的好人，可以透過這五個好人鼓勵他人做好事。」

建安十五年（210年）吳國將領周瑜在南郡去世，龐統將靈柩送返吳國。吳國人對龐統的名聲早有所聞，待龐統參加完喪禮，準備回荊州時，多位士人如陸績、顧劭和全琮都齊集在閶門，希望得到龐統的點評。龐統說：「陸績雖不是良駒，但也可以供一個人乘坐着上路；顧劭像牛，牛雖然走得慢，但可以負載着沉重的東西運往遠處，肩負起重大責任啊！」他又對全琮說：「你樂善好施，愛慕名聲，雖智力平庸，但也是一代優秀人才。」後來顧劭往訪龐統，顧劭問龐統：「若你我比較，誰較優勝？」龐統回答：「若說陶冶世俗，分析時人，我不及你。但給帝王出謀獻策，我就比你強一點了。」顧劭認為龐統所言有理，兩人遂結成好友。

■ 延伸閱讀

龐統在閶門點評過的陸績、顧劭、全琮，日後都是孫吳重要人物，在《三國志》皆有傳。

陸績，字公紀，吳郡吳人，出身於吳名門世家的吳氏，父陸康，曾任廬江太守。中國著名「二十四孝·陸績懷橘」故事的主人翁。績容貌雄壯，博學多識。與龐統友善。不鶩做官，多著述。作《渾天圖》，注《易》釋《玄》，皆傳世之作。可惜享年只得三十二歲。

顧邵，字孝則，孫權時名相顧雍的長子。博覽羣書，好

評點人物。與陸績是甥舅的關係，兩人少已齊名，好交四方人士。娶孫策的女兒，二十七歲為豫章太守，舉善以教，風化大行。提拔微賤，留心下士。在郡守之位五年而卒。

全琮，字子璜，吳郡錢塘人。父全柔曾任孫權時的桂陽太守。琮傾宛接濟中原避難江南的士人數百人，名聲遠播。孫權時屢與重要戰役，建功不少。妻尚公主。為人恭順，善於承顏納規，後雖貴重，猶謙虛接士，貌無驕色。官至大司馬、左將軍。

歷代例句

不辭**負重涉遠**，不避經險履危。（西晉葛洪《抱朴子》）

吾聞**負重涉遠**，不擇地而休；累重家貧，不擇祿而仕。
（清各邦額《夜譚隨錄》）

同休共戚

■ 釋　義　謂同歡樂共憂患。形容關係密切，利害一致。

【出處】同休等戚，禍福共之。（陳壽《三國志‧蜀志‧費詩傳》）

■ 近義詞　休戚與共

■ 故事背景

費詩勸告關羽，不應因不滿與黃忠同列而拒絕接受任命。

劉璋治理益州時，費詩任縣竹縣令。劉備攻縣竹時，費詩帶着全城軍民投降。劉備平定成都，兼任益州牧後，任費詩為督軍從事，出任牂牁〔粵音：裝歌〕太守，返回益州後任前部司馬。

建安二十四年（219 年），

劉備自立為漢中王，派費詩往荊州委任關羽為前將軍。當關羽得悉劉備任黃忠為後將軍，與他同一等級時大怒，關羽說道：「大丈夫絕不與老兵在同一級官位上！」便拒絕接受任命。費詩勸告關羽：「凡是建立王業的人，怎會只任用一個人？從前蕭何和曹參與漢高祖（劉邦）在年輕時已經是好朋友，而陳平和韓信是後來逃亡而來的，不過他們在朝上的官位，以韓信為最高，也從來

沒有聽到蕭何和曹參有怨言。如今漢中王以黃忠的功勞而厚待他，不過在漢中王心裏孰輕孰重，誰又能與君侯（你）相比？何況漢中王與君侯如同一體，休戚與共，有福同享，有禍同當，愚見認為，君侯不適宜執著於官位高低，爵位俸祿。小人只是奉命而來的使臣，若君侯不願意接受，我也只好按你的想法回去覆命，但我對你的這種想法深表惋惜，恐怕你也會後悔啊！」關羽聽後猛然醒悟，便接受了任命。

■ 延伸閱讀

費詩對關羽的說詞，舉適當的歷史為例，有說服力。而且出於「與人為善」的態度，所以能打動關羽。陳壽評「費詩率意言」，看來費詩是一個直言不諱的人。劉備稱帝，費詩上書，以為不妥。另孟達叛蜀降魏，後聽人說，欲與諸葛亮通款的意思。諸葛亮囑在座的蔣琬和費詩說，可致信孟達。費詩即席說：「孟達小子，……反覆之人，何足與書邪？」由此兩事，可見費詩的為人。

歷代例句

吾居將相，與國舅甥，**同休共戚**，義由一體。（唐令狐德棻《周書》）

出處殊塗

■ 釋　義　謂出仕與隱居的態度各不相同。

【出處】雖出處殊塗，俯仰異體，至於興治美俗，其揆一也。（陳壽《三國志‧魏志‧管寧傳》）

■ 故事背景

　　曹魏第三位皇帝明帝曹叡駕崩，曹芳即位不久，多位朝臣上奏，請求他像先帝曹丕和曹叡一樣，徵召管寧入朝，設壇講學，教化臣民。

　　黃初四年（223 年），文帝曹丕想找尋有賢德的人，詢問朝臣意見，司徒華歆推舉管寧應選，文帝聽後派公車前往徵召，管寧亦從邊遠之地欣然回來，可惜路途隔涉，中途又染上疾病，於是朝廷只任命管寧為太中大夫，但管寧推辭不肯接受。

　　黃初七年，文帝駕崩，曹叡即位為明帝，改任華歆為太尉，華歆以病請辭，自願將職位讓給管寧，明帝沒有同意，但還是讚美管寧的德行，授予光祿勳。當時司空陳群亦舉薦管寧，認為管寧言行是世人的典範，才學足當世人的老師。不過，管寧始終以病推辭。

　　正始二年（241 年），太僕

陶丘一、永寧宮衛尉孟觀、侍中孫邕和中侍郎王基亦上奏推薦管寧，指出管寧舊病痊癒，雖然年將八十，但仍然心懷壯志。雖退居陋巷柴門，僅能以粥飯糊口，但仍吟誦《詩經》、《尚書》，志趣不減。他毋懼困厄，雖然經歷困難危險，但節操不改。

奏疏上並說：「管寧清高恬淡，志行高潔，學問造詣和德行都勝過許多前代賢德之士。陛下應該以絹帛璧玉，禮貌地徵聘他，並重新授予几案手杖，尊為國老。請他設壇講學，謀劃治國之道。這樣的話，對上可以幫助陛下匡正朝廷紀綱，對下可以造福百姓，這樣，天地人的常道順序，必有可觀，國家教化發揚光大。即使管寧固執不出，堅決仿效黃帝時的洪崖，帝堯時的巢父、許由那樣要逍遙隱居於山野，這也說明我們魏國與唐堯、虞舜一樣優待賢士，名揚千古。出仕或歸隱，當官或只做老百姓，雖然出發點有所不同，但說到國家興盛，風俗美好，道理卻是一樣的。」

■ 延伸閱讀

三國時期的人物，常給人的印象，雖有賢與不肖之別，大是些逞強鬥智，亂世爭雄的大小人物。其實三國具名姓的人物上千，但立身處世，千差萬殊。一部三國史的人物，其實是古今種種人物的寫照。關於管寧另有「管寧割席」的成語故事，是大家所熟悉的。《世說新語》記載年青時管寧與華歆，處世態度已大不相同，果真是天性使然，還是學養的分別，可供世人尋味。另一方面，華歆仕途順利，貴至三公，管寧清高自處，學任人師，兩人立身處世也大不一

157

樣，但華歆仍一直敬重管寧，堅守情誼，也是難能可貴的。至於曹魏二帝，能褒獎禮遇管寧，以之激濁矯時，仍有東漢以來獎勵氣節的遺風。

歷代例句

出處殊塗，俯仰異容。瞻歎古烈，思邁高蹤。（三國魏阮籍《詠懷》）

出處殊塗聽所安，出林何得賤衣冠。（金元好問《論詩》）

共為脣齒

■ 釋　義　比喻互相依存，有共同的利害關係。

【出處】蜀有重險之固，吳有三江之阻，合此二長，共為脣
　　　齒，進可兼併天下，退可鼎足而立，此理之自然
　　　也。（陳壽《三國志‧蜀志‧鄧芝傳》）

■ 近義詞　脣齒相依

■ 故事背景

鄧芝遊說孫權再與蜀國結盟，共抗魏國。

建安二十五年（220 年）劉備薨。丞相諸葛亮擔心孫權會藉機圖謀不軌，正為不知道怎樣處理而煩惱。尚書鄧芝進見諸葛亮說：「後主年幼，剛剛即位，應該派使者往東吳，與其重修舊好。」諸葛亮聞言大喜，說道：「我已考慮良久，只是沒有合適人選，現在

有了。」鄧芝問這人是誰，諸葛亮回答道：「正是閣下啊！」於是派遣鄧芝出使東吳進行遊說。

果然，鄧芝到吳國時，因孫權懷疑蜀國的企圖而沒有立即會見鄧芝，鄧芝主動要求拜謁，並道出此行目的不僅是為蜀國，也是為吳國而來。孫權有見及此，便召見鄧芝並對他說：「我的確有意與蜀國和親，但擔心蜀主年幼，蜀國勢弱而外敵強悍，被魏國欺凌，

鄧芝

隨勢而流，見機行事，這麼一來，恐怕江南這江山難再屬於大王的了。」孫權沉默了一陣子，回應道：「你所言甚是。」於是，孫權與魏絕交，再與蜀國結盟。

■ 延伸閱讀

鄧芝（178–251 年）字伯苗，新野人，是光武帝創立東漢的功臣鄧禹之後。這次完成諸葛亮交辦的使命，孫權遣大臣張溫到成都報聘，鄧芝再往吳國。為此，孫權寫信給諸葛亮，說作為說客，鄧芝言談不浮誇，「能和合二國，唯有鄧芝」。自此蜀吳再結盟好。

高明的說客出於誠懇，辭語能為人設想，能易位而想，才能打動人心。鄧芝兩次出使孫吳，都能做到這點，所以為孫權所欣賞。孫權此後一直與鄧芝有聯繫，時有厚禮饋

不能自保，才會猶豫不定。」鄧芝答道：「吳蜀兩國據有四州土地，大王是當今英雄，而諸葛亮亦是一代豪傑。蜀國有重重天險可以防守，而吳國有三江阻隔作天然屏障。只要結合這兩大優勢，兩國結為脣齒之邦，互相依存，進可吞併天下，退可鼎足三分，這是很自然的道理。若大王投靠魏國，曹魏必會先要你去朝拜，繼而要你的太子到魏國作人質，如果你不從命，隨時會借故興兵討伐，這樣的話，蜀國也必定

贈。結盟孫吳，是諸葛亮一直堅持的策略。後諸葛亮出漢中北伐，任命鄧芝為中監軍、揚武將軍。後官至車騎將軍，假節。《三國志》作者陳壽，評價鄧芝「堅貞簡亮，臨官忘家」。

三國將領

唯利是視

■ 釋　義　以利為行動的出發點。

【出處】〔呂布〕有虓虎之勇，而無英奇之略，輕狡反覆，唯利是視。（陳壽《三國志・魏志・呂布傳》）

■ 近義詞　唯利是圖
■ 反義詞　見義勇為

■ 故事背景

臧洪向呂布求援，但呂布覺得臧洪對自己沒有好處而沒有派出救兵。

臧洪本為張超的功曹，深得張超器重，後得袁紹賞識，派他兼任青州刺史，後升為東郡太守，治所在東武陽。

興平二年（195 年），曹操圍攻張超，臧洪要求袁紹派兵救援被拒，張超被滅族，臧洪與袁紹斷絕關係。袁紹出兵圍攻臧洪，並寫信勸降，臧洪拒絕，於是袁紹增兵加緊攻城。臧洪派兩位司馬出城向呂布求救，可惜呂布覺得發兵對自己沒有好處而拒絕。

不久，城中已無糧食，臧洪自知災禍難免，遂召集官吏和將領，勸他們趁城池未破，帶領妻兒離去，但眾官吏將領和百姓都不忍捨臧洪而去。

初時，城裏的人還能挖老鼠、煮動物的筋角充飢，到後來主簿只剩下三斗米，本想分

成幾份煮粥給臧洪，但臧洪下令熬成稀粥分給大家，又殺掉自己的愛妾給將士們充飢。將士們都淚流滿面，沒有人能抬起頭來。最後，城中男女全都靠在一起死去，沒有人逃離。

此時向呂布求救的兩位司馬無功而還，眼見城池被攻破，兩人都衝入戰陣戰死。

城破後，袁紹仍不欲殺臧洪，本想讓他屈服，但臧洪反罵袁紹，指袁家歷代深受皇恩，袁紹不僅沒有輔助的意向，反而殺害忠良。袁紹既以張超的哥哥張邈為兄長，那麼張超也該是袁紹的弟弟，卻任由張超被滅族也見死不救，臧洪寧死不服。袁紹大怒，命人斬掉臧洪。臧洪的好友陳容勸阻，認為臧洪不過是因為故主

呂布

才會起兵反抗，他並說：「施行仁義的人是君子，違背仁義的是小人。今天我寧可與臧洪同日死，也不與將軍（袁紹）同日而活。」結果陳容也被殺。在坐的人無不歎息。

有評論認為呂布有勇無謀，狡猾而且反覆無常，做任何事都以利益先行，從古至今，這類人沒有不滅亡的。

歷代例句

余雖與｛晉｝出入，余唯利是視。（春秋時代《左傳》）

一舉兩全

■ 釋　義　謂一舉措而能顧全兩面。

【出處】兵不遠西，而胡交自離，此一舉而兩全之策也。（陳壽《三國志‧魏志‧郭淮傳》）

■ 近義詞　一舉兩得

■ 故事背景

蜀將姜維與胡人聯手攻魏，郭淮巧計擊退蜀軍。

正始元年（240 年），蜀將姜維出兵隴西，郭淮迎戰，擊退姜維，郭淮乘勢收服當地的羌、氐等三十多個部族，並把他們遷移到關中。其後，涼州一帶多個外族亦前來歸附。

正始五年，夏侯玄伐蜀，郭淮擔任前鋒，他估計形勢不利而引兵撤退，因而未有遭到重大損失。正始八年，隴西、南安、金城和西平等地的羌族多個首領叛變，涼州胡人的其中一個首領治無戴起兵響應，他們並向南招引蜀軍，魏將夏侯霸領兵在為翅抵抗。

郭淮剛到狄道，與一眾將領瞭解局勢後，估計姜維會攻擊夏侯霸，於是領軍與夏侯霸會合。果如郭淮所料，姜維真的進攻為翅，但因郭淮兵馬趕到，姜維唯有退兵，郭淮剿平作亂的羌人。

姜維

翌年，郭淮又擊退佔據河關和白土城等地的蛾遮塞等外族，討伐佔領石頭山的賊兵。是時，治無戴再度作亂，姜維北上接應。治無戴將家屬留在西海，自己率兵圍攻武威。郭淮進兵西海，想俘擄治無戴的家眷和物資，治無戴折返，兩軍在龍夷以北相遇，郭淮打敗治無戴。姜維命廖化留守成重山修築城堡，並重新召集因被擊敗四散的羌兵和保護留在當地的蜀將家眷，自己則將治無戴迎返蜀境。

郭淮計劃兵分兩路攻打廖化，眾將領認為會削弱兵力，到時兩邊受敵，並非好計策，不如集中兵力向西進攻，乘着蜀軍尚未與胡人連結上便堵截他們的聯繫。但郭淮說：「蜀軍不會料到我們攻打廖化的，當姜維發現而趕來救援，我軍亦有充足時間擊敗廖化，而姜維亦疲於奔命。姜維的軍隊若向西遠征，蜀軍就不能與胡人聯手，胡人自然也會離開，這才可以一舉兩得。」於是郭淮派夏侯霸等人追擊姜維，自己則率兵攻打廖化。姜維果然一如郭淮所料，回營救廖化。朝廷進封郭淮為都鄉侯，翌年升為征西將軍，統領雍州和涼州。

這叫做「假親脫網」之計。豈非**一舉兩全**之美也？（明吳
承恩《西游記》）

進退狼狽

【出處】阜敘起於鹵城，超出攻之不能下；寬衢閉冀城門，超不得入。進退狼狽，乃奔漢中依張魯。（陳壽《三國志‧蜀志‧馬超傳》）

■ 近義詞　進退兩難

■ 故事背景

楊阜與梁寬等人合謀攻擊馬超，馬超出城迎擊，梁寬關閉城門，令馬超不能返回城內，陷於困境。

馬超是馬騰的庶長子。東漢末年，馬騰與義兄韓遂等人一起在涼州起兵。初平三年（192 年），馬騰和韓遂率兵到長安，朝廷任韓遂為鎮西將軍，駐守金城；馬騰為征西將軍，駐守邵縣。後來，馬騰襲擊長安，兵敗後退回涼州。不久，馬騰、韓遂不和，馬騰要求回到京城。朝廷准其要求，任其為衛尉，又任命馬超為偏將軍，封都亭侯，留守涼州，統領馬騰的兵馬。

馬超與韓遂聯手進軍到潼關，曹操利用離間計令兩人互相猜忌，他們的軍隊大敗。馬超退守西戎部落後不久，便率領戎族各部落攻打隴西。建安十七年（212 年），馬超再度反曹（冀城之圍），殺死涼州刺

169

史韋康，佔據冀城，吞併了冀城軍隊，自稱為征西將軍，兼任冀州牧，統領涼州軍事。韋康舊部下楊阜、姜敘、梁寬和趙衢等人合謀要為韋康報仇。楊阜和姜敘在鹵城起兵，馬超從冀城出兵攻鹵城，梁寬、趙衢乘機關閉冀城城門，使馬超不能返回冀城。

馬超進退兩難，於是往漢中投奔張魯。後來覺得不值得與張魯共謀大事，此時聞得劉備在成都圍攻劉璋，於是暗中寫信給劉備請求歸降。

劉備大喜，派人迎接馬超到成都。成都百姓為此大驚，劉璋立即投降。劉備任馬超為

馬超

征西將軍，統領臨沮軍隊。劉備稱漢中王時，任馬超為左將軍。章武元年（221 年），劉備升馬超為驃騎將軍，兼任涼州牧。翌年，馬超去世，時年僅四十七歲。

歷代例句

晃穆未平，康寧復至，**進退狼狽**，勢必大危。（唐房玄齡等《晉書》）

謀無遺策

■ 故事背景

朝廷讚揚鍾會謀劃細密周詳，戰無不勝。

景元四年（263 年），魏將鄧艾、鍾會率軍伐蜀。鄧艾追趕蜀將姜維至陰平後，轉攻綿竹，再向成都進軍，蜀後主劉禪投降，並派使者命令姜維等人向鍾會投降。姜維只好下令士兵放下武器，到鍾會軍營投降。

鍾會將過程上報朝廷：「姜維、張翼、廖化和董厥等欲逃往成都，他兵分四路，一路在前面堵截，一路從後緊追，一路攔腰截擊，他則進行增援，張開大網圍堵敵人。結果成功在南面截斷他們逃往吳地的去路，西面堵截了他們回成都的退路，北面阻斷他們出逃的小路，大小路全部截斷。姜維雖擁軍四、五萬人，但都難逃出包圍。他發佈告示，勸敵軍投降，並給他們生路。姜維等人明白大勢已去，只得解

甲投降。我軍收繳的印信數以萬計，輜重糧草堆積如山。」鍾會還表示遵從皇上聖德，禁止軍隊搶掠，以仁德教化民眾，恢復蜀國秩序，安撫蜀國官吏、百姓和軍隊，免除他們的租賦，減輕勞役，令百姓歡欣安樂。

年底，朝廷下詔書嘉許鍾會：「鍾會輕易便能摧毀敵人，所向無敵，控制各城，佈下天羅地網捕捉逃兵，蜀國的大將自縛來歸順朝廷，他策略周詳，謀劃細密，所以戰無不勝，總共被殲滅的敵人數以萬計，大勝而歸，有征無戰。蕩平西部國土，平定邊境。現在任命鍾會為司徒，晉

鍾會

封縣侯，增加食邑一萬戶。封他的兩個兒子為亭侯，食邑各一千戶。」

不過，鍾會後來心懷異心，強迫部屬跟隨他背叛朝廷，終於事敗，被部屬合力殺掉。

歷代例句

自項以來，**君謀無遺策**，張陳復何以過之！（唐房玄齡等《晉書》）

無人之境

■ 釋　義　指人跡不到的荒野。

【出處】艾自陽平道行無人之地七百里，鑿山通道，造作橋閣。（陳壽《三國志・魏志・鄧艾傳》）

■ 故事背景

鄧艾取道陰平偷襲成都，令蜀後主劉禪投降。

魏國曹奐景元四年（263年），大將軍司馬昭舉兵伐蜀，司馬昭兵分三路，鄧艾牽制姜維，諸葛緒負責截擊姜維，斷其歸路，鍾會則進攻漢中。

鍾會進入漢中後，姜維退守劍閣。鍾會進攻姜維，但未能取勝。鄧艾上疏建議從陰平沿小路直撲離成都只有三百餘里的涪縣，直擊敵人的心臟。到時，姜維必須引兵救援涪縣，鍾會便可乘虛而入。若姜維死守劍閣而不救涪縣，涪縣便兵力薄弱，魏軍可以攻其不備，直搗成都。

十月，鄧艾率軍從陰平一處人跡罕至的荒野向涪縣進發，進軍七百餘里。他們鑿山開路，架設棧道，山高谷深，環境極之凶險，加上運來的糧食快要吃盡，士兵疲憊不堪。鄧艾為了盡快到達涪縣，用毛

鄧艾

巾裹住自己的身體，由別人推動滾下山坡，一時間士氣大振，他們攀木爬崖，像魚羣游動一樣前進。他們首先到了江由縣，西蜀守將馬邈投降。蜀將諸葛瞻從涪縣退還綿竹，佈陣狙擊鄧艾。

鄧艾派師纂和自己的兒子鄧忠率兵左右包抄。但二人出擊均告失利，退回來向鄧艾說：「敵人堅守牢固，不能攻破。」鄧艾大罵兩人，喝道：「生死存亡就靠這一戰了，還有甚麼不能攻擊？」鄧艾並打

算斬殺他們。兩人飛馬再戰，斬殺了諸葛瞻和尚書張遵等，蜀軍大敗。魏軍進軍到雒縣，鄧艾率兵進駐成都，後主劉禪派使者來到鄧艾營前請降。

鄧艾接受劉禪的投降，下令將士不得搶掠百姓，要安撫降兵，讓他們重操故業。鄧艾又依東漢初年鄧禹的做法，秉承皇帝的旨意封劉禪為代理驃騎大將軍，太子為奉車，諸王為駙馬都尉。蜀國舊臣按情況任命為新官，或成為鄧艾的部屬。同時，又把敵人的屍體堆積起來，以顯武威。

鄧艾居功自傲，對蜀國的大夫說：「幸好你們遇上了我，若是遇上像吳漢（東漢光武帝名將，當年攻入成都後放兵搶掠）這類人，恐怕早就殺掉你們了。」又取笑姜維無疑是一代英雄，但與他相遇，也就變得窮途末路。有見識的人聽了這話，無不嘲笑鄧艾自大。

始經魑魅之途，卒踐**無人之境**。（東晉孫綽《遊天臺山賦》）

陛下必欲曲赦本立，請棄臣於**無人之境**，為忠貞將來之誠。（後晉劉昫等《舊唐書》）

一上而一下，使中流蕩然，虜安行入**無人之境**，國安得不亡？（南宋文天祥《集杜詩·〈京湖宣閫〉詩序》）

爾今窮瘁實天予，豈有生意回春容；**無人之境**詎可得？徒使冰炭交心胸。亦作「無人之地」。（清黃景仁《惱花篇》）

她卻是大無畏的，對於這些全不關心，只是鎮靜地緩緩前行，坦然如入**無人之境**。（近代魯迅《彷徨·傷逝》）

絕倫逸羣 並驅爭先

■ 釋　義　絕倫超羣：出眾超羣。

並驅爭先：形容兩人的能力不相伯仲，能一爭高下。

【出處】孟起兼資文武……當與益德並驅爭先，猶未及髯（關羽）之絕倫逸羣也。（陳壽《三國志・蜀志・關羽傳》）

■ 近義詞　絕倫逸羣：出眾超羣、超羣絕倫

並驅爭先：並駕齊驅

■ 反義詞　絕倫逸羣：庸庸碌碌

並驅爭先：天壤之別

■ 故事背景

關羽為蜀漢名將，有美髯公之稱。他一生協助劉備建功立業，諸葛亮讚揚他的能力出眾超羣，後世稱許他忠肝義膽，義薄雲天。

東漢末年，關羽因避戰亂逃亡到涿郡〔涿，音啄，今河北涿縣〕，剛遇上劉備招兵買馬，關羽加盟，自此跟隨着劉備南征北討，抗敵作戰。

建安五年（200 年）正月，曹操東征徐州，劉備戰敗，投奔袁紹，關羽被曹操擒獲。曹操敬重關羽勇武和為人，試圖以賞賜留住關羽。關羽以劉備對自己有恩，絕不能背叛劉備。二月，袁紹派大將顏良在白馬進攻東郡，關羽斬斃顏良，為曹操解除白馬之圍後留書告辭，重返劉備陣營。

建安十三年赤壁之戰後，劉備取得荊州，派諸葛亮和關羽留守荊州。建安十八年，劉備攻打益州，召諸葛亮、張飛和趙雲率兵來助，圍攻成都。這時，本來擬投靠張繡的馬超歸降，劉備大喜，讓馬超率兵共圍成都。不出十日，益州牧劉璋開城投降。劉備接任益州牧後策封眾將，諸葛亮為軍師將軍、張飛為征遠將軍、趙雲為鎮遠將軍，馬超亦獲封為平西將軍，與關羽、張飛平起平坐。

關羽得悉後心生不滿，便寫信給諸葛亮打探馬超虛實。諸葛亮為平服關羽的心情，回信予關羽寫道：「聞說將軍想瞭解孟起（馬超）的武藝才能可與誰人匹敵，以我所看，孟起文武兼備，雄健剛烈勝過許多人，能力趕得上漢朝初年的猛將黥布和彭越，可與翼德（張飛）並駕齊驅，一爭高下，但若與美髯公你相比，就遠遠不及你超羣出眾了。主公給你委以重任，讓你留守荊州，是相信你一個人的能力也能穩守着這兵家重地。若你來成都而荊州失守，就會惹下彌天大禍，罪大難恕。」關羽聞言大喜，並將信函供在座賓客傳閱。

■ 延伸閱讀

後世民眾，以至日本，視三國人物中有「三絕」：則是諸葛亮為「智絕」，關羽為「義絕」，曹操為「奸絕」。關羽千年以來為後世視為「忠、勇、義」的典範，受人崇拜，關廟崇拜之遍及中國以至世界各地可見。陳壽評論關羽「萬人敵，為世虎臣。羽報效曹公⋯⋯有國士之風。然羽剛而自矜」，是中肯的。由關羽之矜馬超，後來的矜黃忠，以至

拒孫權的聯姻，都可窺關羽剛
而自矜的個性。日後荊州之兵
敗而殞命，亦以他行事剛而自
矜有關。

楊素，少落拓，有大志，不拘小節，世人多未之知，惟
從叔祖魏尚書僕射寬深異之，每謂子孫曰：「處道當**逸
羣絕倫**，非常之器，非汝曹所逮也。」（宋李昉《太平御覽》）

將來未可知，若以往，則治人者雖然盡力施行過各種麻
痺術，也還不能十分奏效，與果贏**並驅爭先**。（近代魯迅
《墳，春末閒談》）

斷頭將軍

■ 釋　義　堅決抵抗、寧死不屈的將軍。

【出處】至江州，破璋將巴郡太守嚴顏，生獲顏。飛呵顏曰：「大軍至，何以不降而敢拒戰？」顏答曰：「卿等無狀，侵奪我州，我州但有斷頭將軍，無有降將軍也。」(陳壽《三國志・蜀志・張飛傳》)

■ 故事背景

劉璋部下嚴顏寧死也不投降。

張飛字翼德，年輕時已與關羽一同追隨劉備。建安十三年 (208 年)，劉表去世，曹操進入荊州，劉備逃往江南。曹操追擊了一日一夜，在當陽縣長阪坡追上劉備，劉備扔下妻兒逃走，命張飛率二十名騎兵殿後抵擋曹兵。

張飛佔據河岸，並拆斷橋樑，怒目橫槍，大聲斥喝：「我是張翼德，有膽過來與我決一死戰！」曹軍全都不敢近前，於是劉備等人得以脫險。

劉備平定荊州以南各郡後，任命張飛為宜都太守、征虜將軍，封為新亭侯，後又轉任南郡太守。建安十九年，劉備入益州，回軍攻打劉璋，張飛與諸葛亮等人沿長江逆流而上，分兵平定了沿途郡縣。張飛到了江州 (今重慶市)，擒獲劉璋的將領嚴顏。張飛大聲對

張飛

成都會合。益州平定後，劉備賜諸葛亮、法正、張飛和關羽每人黃金五百斤、白銀一千斤，錢五千萬，布帛一千疋，其餘眾人亦按等級作出賞賜。張飛兼任巴西郡太守。

■ 延伸閱讀

張飛在《三國演義》中，被刻劃成一名魯莽的虎將，乃蜀漢「五虎將」之一，地位僅次於關羽。釋嚴顏，在小說中難得描寫張飛性情中的粗中有細的情節。張飛在真實三國歷史中，確確實實是一名「萬人敵」的虎將。時人曹操謀臣程昱、傅幹異口同聲，說張飛乃「萬人敵」，董曄說他「勇冠三軍」，陳壽讚評是「為世虎臣」。所以演義描寫張飛是一名虎將，是有憑據的。

嚴顏說：「我大軍到來，為甚麼不投降，還敢抗拒？」嚴顏說：「你們這些人此等無禮，侵奪我州，我州只有不怕死的將軍，沒有投降的將軍。」張飛大怒，命令左右把嚴顏推出處斬。嚴顏毫無懼色，說道：「砍頭就砍頭，何必發火呢？」張飛佩服嚴顏的豪壯，便給他鬆綁，將嚴顏當成貴賓般禮待。

張飛所向披靡，與劉備在

張飛決非全是一介勇夫。在漢中，他智勝曹操名將張

部；他敬重有學養的人，擅書
法。他的忠肝義膽，在三國人
物中，尤為後世敬仰，由各地
張飛廟可見一斑。

歷代例句

修答守之以死，誓為**斷頭將軍**。（唐李延壽《南史》）

除卻一死，無可報國，大小三軍，都來看**斷頭將軍**呀！
（清孔尚任《桃花扇》）

忠諫之聲

疲於奔命

■ 釋　義　謂因忙於奔走應付而勞累不堪。

【出處】乘虛迭出，以擾河南，救右則擊其左，救左則擊其右，使敵疲於奔命。（陳壽《三國志‧魏志‧袁紹傳》）

■ 近義詞　席不暇暖、四處奔波
■ 反義詞　悠閒自得

■ 故事背景

袁紹向南進軍時，田豐向袁紹獻策，怎樣令曹軍疲於奔命，袁紹不聽，結果在官渡之戰中大敗。

建安五年（200 年），袁紹率軍討伐曹操，沮授雖然一再向袁詔提出對付曹軍的計策，可惜都沒有得到接納。結果，袁軍一再戰敗，顏良、文丑等被曹軍斬殺，沮授被擒，後計劃逃返袁軍時亦被曹操所殺。

不久，袁紹率軍南下，田豐力欲勸阻袁紹，他向袁紹進諫道：「曹軍人數雖然不及我們，但曹操善於用兵，而且變化多端，絕不可輕視，宜與曹操打持久戰。將軍現在既然佔領着這四個州郡，這裏地勢險要，外敵難以入侵，將軍大可暫時穩守四州，對外廣交四方賢士，對內則善用四州的土地和百姓發展農業，儲備糧食，操練兵馬，組織幾隊奇兵，待曹軍不備時輪流出擊。曹軍救

田豐

過深思熟慮的長遠之策，輕率動兵，萬一這一仗打敗，你可會後悔不及了。」田豐一再勸說，惹得袁紹大怒，反斥責田豐的言論擾亂軍心，下令將田豐鎖上腳鐐，押下囚禁。

袁紹果然大敗，有人對田豐說：「你所言非虛，大將軍一定會更加看重你了。」田豐歎氣說：「將軍勝利，我尚有機會保存性命，如今將軍打敗，我是必死無疑了。」果然袁紹回到鄴城後，對左右說：「當初我沒有聽田豐意見，現在他一定會取笑我了。」於是傳令殺掉田豐。

援右邊我們就攻左邊，曹軍救援左邊我們就攻右邊，如此連續不斷，令曹軍忙着應付而疲累不堪，百姓不得安寧，不用兩年，我軍不需大動干戈便會拖垮曹軍。若將軍你放棄這經

歷代例句

使敵**疲於奔命**，人不得安業，我未勞而彼已困，不及三年，可坐克也。（南朝宋范曄《後漢書》）

吾以雲騎風馳，出其不意，救前則擊其後，救後則擊其前，使彼**疲於奔命**。（唐房玄齡等《晉書》）

且彼或來借糧，或來借兵：公若應之，是**疲於奔命**，而又結怨於人；若其不允，是棄親而啟兵端也。（明羅貫中《三國演義》）

如諸符共一將，則此將雖千手千目亦**疲於奔命**。（清紀昀《閱微草堂筆記》）

中國農民有很大的潛伏力，只要組織和指揮得當，能使日本軍隊一天忙碌二十四小時，使之**疲於奔命**。（近代毛澤東《論持久戰》）

背本就末 翻然改圖

■ 釋　義　背本就末：背離根本，追逐末節。
翻然改圖：迅速改變過來，另作打算。

【出處】何期臣僕吳越，背本就末乎？……將軍若能翻然改圖，易跡更步，古人不難追，鄙土何足宰哉！（陳壽《三國志‧蜀志‧呂凱傳》）

■ 近義詞　背本就末：背本逐末

■ 故事背景

蜀國呂凱發出檄文，聲討雍闓的罪行。

呂凱為永昌郡不韋縣人，曾任郡中五官掾功曹。章武三年（223年），劉備崩逝。益州郡耆帥雍闓得悉劉備死訊後，更加驕橫跋扈，經常滋擾當地，其後雍闓更投降東吳，東吳任命他為永昌太守。

雍闓欲強闖永昌郡，但為呂凱和府丞王伉率兵對抗，令雍闓不能進郡。雍闓一再發檄文到永昌，勸誘呂凱，但呂凱不為所動，反過來發出檄文，聲討雍闓：「上天降下喪亂，奸雄乘勢四起，為天下人切齒痛恨，其他邦國亦為之悲慟，臣民上下，不論老幼都竭盡心力欲解除國難。將軍你世代受到漢朝恩惠，我以為你會率先召集兵馬，對上報答國家，對下不負祖輩，建立功績，名留史冊。怎想到你竟然倒戈相向，向東吳俯首稱臣，這不是

捨本逐末嗎？從前大舜竭力盡心為百姓辦事，最後身葬江南，他名流千古，是何等悲壯的事。周文王、武王承受天命，到周成王時才平定天下。先帝（劉邦）建立漢朝，天下人望風歸附，賢臣輔助，上天降下盛世太平，可是你看不到盛衰的記載，成敗徵兆。你現在所為猶如野火燎原，踏在冰河上，一旦火滅冰消，你還可以依靠誰？你的祖先雍侯雖與漢結怨，但仍得到漢室封爵賜土。

新莽末年，竇融看準時勢，知道東漢將興而歸順世祖（劉秀），因而得到後世歌頌。如今諸葛丞相英明，高瞻遠矚，他接受先帝臨終託孤的重任，輔助蜀漢復興大業，不計前嫌，獎賞功績不念小過。如果你能迅速改變主意，重歸正道，就不難像古人一樣，到時，你哪會只管理永昌這小地方？我聽說過楚國對周朝無禮，齊桓公就去責問楚國；夫差稱王，晉國卻不尊敬夫差，何況你現在所臣服的並非明主，誰會信服你？我想到古人大義，為臣者不與境外之人交往，所以我與你是有來無往。現在一再收到你的檄文，我不惜廢寢忘餐地表述一下我的想法，希望將軍你明察。」

建興三年（225 年），諸葛亮南征討伐雍闓、高定等，軍隊還在路上，雍闓已被高定的部下所殺。諸葛亮到南方後上奏朝廷，讚揚呂凱和王伉等人雖在邊陲之地，仍忠心朝廷，奮力抵禦雍闓和高定。於是朝廷任命呂凱為雲南太守，封為陽遷亭侯。可惜呂凱被其他叛亂的少數民族殺害，爵位由其兒子呂祥承繼。而王伉任命為永昌太守，也獲封為亭侯。

若能**翻然改圖**，因機立功，非止肆眚，乃加賞擢。（唐姚思廉《陳書》）

欲使後知後覺者，了然於向來之迷誤，而**翻然改圖**。（近代孫中山《行易知難》）

改曲易調

■ 釋　義　比喻改變策略或做法。

【出處】臣竊亮陛下潛神默思，公聽並觀，若事有未盡於理而物有未周於用，將改曲易調，遠與黃唐角功，近昭武文之跡，豈近習而已哉！（陳壽《三國志·魏志·蔣濟傳》）

■ 近義詞　改弦易調

■ 故事背景

蔣濟勸諫魏明帝曹叡別將權力下放予朝臣和內侍臣，以免他們藉機把弄朝政，禍害國家。

蔣濟為曹魏三代重臣，他敢言直諫，深得信任。曹操曾說，有蔣濟在旁，他就安心。曹丕即位為文帝時，蔣濟官至尚書。黃初七年（226年），曹叡繼位後，賜蔣濟為關內侯。

當時，中書監劉放、中書令孫資恃着是皇帝近臣而攬權，於是蔣濟上疏勸諫，大意是：「大臣權力過大就容易顛覆國家，帝皇過於親近身邊使臣則容易受蒙蔽，古往今來，屢見不爽。陛下沒有輕易將大權授予大臣，自己親理朝政，令羣臣敬服，不敢輕慢，但也希望陛下不要忘記如何對待左右近侍。近侍的謀略遠見未必及得朝中大臣，但有些人，可能很擅長諂媚逢迎，取悅皇帝。現在外面的人說話，常借

故提是中書的話，這些說話容易蠱惑人心。何況他們掌握着國家機要，倘若他們乘陛下一時不察而擅作決定，眾臣以為他們能影響陛下的決定，就隨時會巴結他們。一旦有了這開頭，他們隨時會私下來往，互相勾結。到時，正當向上面反映情況的渠道可能會被阻塞，阿諛奉承左右侍臣的人反而能夠影響大局。他們欲涉足國事的形跡已表露無遺，只是朝臣敢怒而不敢言。

「微臣相信陛下會靜心思考，聆聽各方意見，如果發現事情不合情理，沒有全面發揮作用，就改變策略和做法。陛下遠可以媲美黃帝、唐堯的功績，近可以光耀武帝和文帝的偉業，然而再聰明的君主也不可能知悉天下所有的事，必須有人輔助。一個沒有周公的忠誠、沒有管仲般公正的大臣卻兼任三個官職，就容易弄權。

當今棟梁之才雖然不多，但德行、智慧能符合一個州官的要求，又願意竭盡忠誠，恪守其職的人，還有很多可供朝廷差遣，他們不會讓朝廷背上有獨斷獨行的官吏的污名。」

曹叡看了奏疏後下詔稱讚蔣濟：「剛直的大臣，是君主所倚仗的。蔣濟文武兼備，盡忠職守，每有軍國大事，總有上奏議論，忠誠奮發，朕十分重視。」隨即升蔣濟為護軍將軍，加官為散騎常侍。

景初年間，朝廷對外征戰頻繁，內部大興土木，又遇上糧食歉收，令民怨載道。蔣濟上疏，提出當前急務是剿滅吳、蜀兩國，要讓百姓休養生息。先做可益子孫後代的偉業，暫時放下無關重要的事。曹叡又下詔說：「如果沒有護軍將軍，朕就不會聽到這樣的說話。」

背城一戰

■ 釋　義　謂作最後決戰。引申指最後的鬥爭或努力。

【出處】「六年夏。」裴松之注引晉習鑿齒《漢晉春秋》：北地王諶怒曰：「若理窮力屈，禍敗必及，便當父子君臣背城一戰，同死社稷，以見先帝可也。」（陳壽《三國志‧蜀志‧後主傳》）

■ 近義詞　背水一戰

■ 故事背景

成都淪陷，蜀後主劉禪欲投降，北地王勸阻不果，自殺殉國。

景耀六年（263 年）夏天，魏國舉兵伐蜀。冬天，魏將鄧艾在綿竹擊敗諸葛瞻，直搗成都。光祿大夫譙周上奏建議劉禪向鄧艾投降。劉禪長子北地王劉諶極力阻止。劉諶憤怒地說：「即使國家到了窮途末路，災禍和失敗降臨，也應該父子君臣團結一起作最後一戰，與江山社稷共存亡，這樣才有顏面去見先帝。」

可惜劉禪沒有理會劉諶的勸諫，向鄧艾投降，降書寫道：「因江、漢二水阻隔，地處邊遠，憑藉蜀國偏處一隅，負隅頑抗，違背天意。歲月流逝，漸與京城隔絕疏遠。我常憶及黃初年間，魏文皇帝派遣虎牙將軍鮮于輔來蜀，向我好言詔命，申明給蜀漢的恩惠，廣開歸順之門，恩義浩大。可

惜我德行淺薄，不明大體，貪戀先父留下來的帝位，妄圖苟延殘喘多年，沒有遵從教化。天威既已震怒，人鬼歸順有時，天朝雄師所到之處，誰敢不洗心革面，順從天命！我現在下令各軍將領放下武器，卸下盔甲，不損毀官府國庫一分一毫，百姓留在田野，保留所有糧食，以待天朝賜惠，保全百姓生命。我俯伏地上，期盼大魏廣佈恩德，普施教化，宰輔像伊尹、周公那樣的賢相一樣，恩澤天下。現在謹派侍中張紹、光祿大夫譙周、駙馬都尉鄧良奉上皇帝印信，以示我的誠意和忠誠，是生是死，任憑將軍定奪。我抬着棺材前來請降，餘下不贅述。」

同日，劉諶傷痛國家滅亡，帶着妻兒到了劉備的宗廟中痛哭，接着殺死妻子兒女後，然後自殺殉國。

歷代例句

古今文字之禍，其端有三：或君子以此攻擊小人，而為**背城一戰**之舉。（明陳繼儒《讀書鏡》）

一來他自己打定主意，定要趁今日這個機緣，**背城一戰**，作成姑娘這段良緣。（清文康《兒女英雄傳》）

可是吉人的意見有點不同。他覺得此時我們一補進，就是前功盡棄；他主張**背城一戰**！（近代茅盾《子夜》）

窮兵黷武

■ 釋　義　指好戰不止。

【出處】抗上疏：「今不務富國彊兵，力農蓄穀，……而聽諸將徇名，窮兵黷武，動費萬計，士卒彫瘁，寇不為衰，而我已大病矣。」（陳壽《三國志‧吳志‧陸抗傳》）

■ 近義詞　窮兵極武

■ 故事背景

陸抗反對吳帝孫皓頻頻用兵，勞民傷財。

吳赤烏八年（245 年），陸遜去世，兒子陸抗繼承爵位，後官至大司馬，被任命為信陵、西陵、夷道、樂鄉和公安的都督。

鳳凰元年（272 年），西陵督步闡佔據城池發動暴亂，並派人往晉國求降。陸抗率軍到西陵後，採取圍而不攻的戰術，下令各軍加修堅固圍牆，對內包圍步闡，對外則防禦晉軍侵襲。又命江陵都督張咸加強防守，公安督孫遵巡視長江南岸抵禦晉國將軍羊祜，最終羊祜無功而還。陸抗亦攻陷西陵，剿滅步闡一族及重要官員。（西陵之戰）

孫皓在位期間，軍隊出征頻繁，百姓怨聲載道。陸抗於是上疏說：「昔日商湯是因夏桀罪孽太多才出兵討伐，周武王因商紂暴虐無道才授鉞出

征，如果時機未到，他們都不會輕舉妄動。如今我國應致力富國強兵，儲備糧食，讓文武人才得以施展才華，嚴禁百官疏忽職守，賞罰分明，以道德教化各級官吏，用仁義安撫百姓，然後順承天命，待適當時機，才席捲天下。如果只聽從眾將為立功而不停地作戰，動輒耗費數以萬計的國家錢財，使士卒困苦疲憊，敵人還沒衰敗，我們已困乏不堪了。現在只去爭取帝皇的資格，而被眼前小小利益所蒙蔽，這是臣子的奸惡，絕非為國家的良策。從前齊、魯交戰三次，魯國雖然戰勝兩次，但很快便滅亡，究其原因，是兩國實力強弱不同。何況現在用兵征戰的成果遠遠不能補償所遭受的損失，實應暫停征戰，先休養生息，靜待時機，才不會做出後悔的事。」

鳳凰二年，陸抗官拜大

孫皓

司馬、荊州牧。翌年，陸抗患病，他上疏分析局勢，指出西陵和建平地處長江下游，是國家西邊重要的邊防屏障，然而長時間受到魏、蜀的威脅，如果敵人船隻順江而下，頃刻便兵臨城下，萬一西陵失守，隨時連整個荊州也會失去，因此，必須增派軍隊加強防守。他請求孫皓考慮他的意見，那麼他死後，聲名、事業也長存。同年秋天，陸抗去世，爵位由兒子陸晏繼承。

「五年春」注引《諸葛亮集》：今旄麾首路，其所經至，亦不欲**窮兵極武**，其有棄邪從正簞食壺漿以迎王師者，國有常典，封寵大小，各有品限。亦作「窮兵極武」(陳壽《三國志‧蜀志‧後主傳》)

窮兵黷武今如此，鼎湖飛龍安可乘。（唐李白《李太白詩》）

甘冒虎口

■ 釋　義　指甘願冒着走向虎口被噬的危險，
　　　　引申為甘冒生命危險的意思。

【出處】「吾不用田豐言，果為所笑。」裴松之《三國志注》
　　　　引晉孫盛曰：「豐知紹將敗，敗則己必死，甘冒虎
　　　　口以盡忠規，烈士之於所事，慮不存己。」（陳壽
　　　　《三國志・魏志・袁紹傳》）

■ 同義詞　視死如歸
■ 反義詞　貪心怕死

■ 故事背景

　　田豐為袁紹麾下的重要謀臣，敢言直諫，忠心為主。

　　田豐年少時已負盛名，個性耿直，曾在漢室當官，但眼見朝中腐敗，寧願辭官回鄉。漢獻帝初平二年（191 年），袁紹佔據冀州時聽到田豐的名氣，便羅致田豐成為自己的軍師。田豐雖曾獻謀運計助袁紹擊敗北方最大的對手公孫瓚，雄霸北方。但所謂忠言逆耳，田豐的敢言直諫，經常激怒袁紹。

　　獻帝建安五年（200 年），袁紹率軍南下欲攻打曹操，田豐力阻袁紹。他向袁紹進諫道：「曹軍人數雖然不及我們多，但曹操善於用兵，而且變化多端，絕不可輕視，宜與曹操打持久戰。將軍現在既然佔領著北方四個州郡，這裏地勢險要，外敵難以入侵，將軍大可暫時穩守四州，對外廣交四方賢士，對內則善用四州

田豐

豐一再勸說，惹得袁紹大怒，反斥責田豐的言論擾亂軍心，於是下令給田豐鎖上腳鐐，押下囚禁。

在這場袁曹著名的「官渡之戰」中，袁紹果然大敗。有人對田豐說：「你所言非虛，大將軍一定會更加看重你了。」田豐歎氣說：「將軍勝利，我尚有機會保存性命，如今將軍打敗，我是必死無疑了。」果然袁紹回到鄴城後，對左右說：「當初我沒有聽田豐意見，現在他一定會取笑我了。」於是傳令殺掉田豐。

東晉史學家裴松之《三國志注》引用另一位史學家孫盛的說話形容田豐明知道袁紹若打敗仗的話，自己就一定會招來殺身之禍，但他仍甘冒生命危險也要苦心進諫，可見忠臣烈士寧願捨身不顧也要存忠存義。也可見袁紹的心胸狹窄，只顧面子，得忠臣而不能用

的土地和百姓發展農業，儲備糧食，操練兵馬，組織幾隊奇兵，待曹軍不備時輪流出擊。曹軍救援右邊我們就攻左邊，曹軍救援左邊我們就攻右邊，如此連續不斷，令曹軍疲於奔命，百姓不得安寧，不用兩年，我軍不需大動干戈便能拖垮曹軍。若將軍（袁紹）你放棄這經過深思熟慮的長遠之策，輕率動兵，萬一這一仗打敗，你可會後悔不及了。」田

的心性。

與袁紹比較，曹操就寬宏得多。袁紹逝世後，長子袁譚和幼子袁尚為爭繼承權而不和，袁譚與曹操作戰時被殺，袁尚與二哥袁熙避走烏桓。烏桓多次在北方作亂，曹操計劃遠征華北，一些將領以擔心劉備、劉表乘虛而入而勸阻，只有謀士郭嘉支持曹操出兵。

建安十二年夏，曹操率軍北征，在白狼山遇上敵軍，敵軍人多勢眾，一度嚇怕曹軍，曹操登上高處，發覺敵軍陣容不整，於是派張遼為先鋒，領軍出擊，結果大敗敵軍。曹軍撤回後，曹操重賞曾勸阻他北伐的人，並承認當時的決定的確有些草率，能夠獲勝，乃上天眷顧。眾位賢士的勸諫，才是萬全之策。

■ 延伸閱讀

官渡戰前荀彧的「四勝四敗」、郭嘉的「十勝十敗」以評論曹操和袁紹的優劣，主要在個性和修養上着眼，結果終如所說。諸葛亮在著名的《隆中對》中，就明確地指出「曹操比於袁紹，則名微而眾寡，然操遂能克紹，以弱為強者，非惟天時，抑亦人謀也。」諸葛亮所指的「人謀」，不僅指謀略，也包括了個人的性格和修養而力量和計算不一定是成功的保障。世人常忽略個人修養氣節對成功的重要性。